未来から離脱したので女《モ》教師の夢《ブ》に全振りします

真白ゆに
Illust 河地りん

『ぐーしゅぴー……
すやぁ……
すやぁ……
ぴすぴす……』
one night in Takara's room...

▶しのもりたから
篠森鷹空
人生はRPG。
シナリオを攻略するだけの
日々に夢も希望もない。
どうしよう……
ガチ寝してる……。
俺の家なんだけど
生徒の家なんだけど、
曲がりなりにも……
年頃の男の家なんですけど？
▶しののめののか
東雲和々花
北海道出身。教師生活二年目の
ちょっぴりドジで元気な酔っ払い。

one night in Nonoka's room...

「今も好きなんだ、マンガ」

「……そりゃ好きだけど」

「だったらいいじゃない」

「そうなのかなー！

そうなの、かも？」

「自分のこともう少し
理解しなよ……」

「マンガ家になろうと
思わなかったの？」

Nyan

……落ち着きな
……ごめん。悲しませちゃった
めんこいなぁ……
こんなめんこい教え子
泣かせちゃうなんて
私、悪い先生だ

CONTENTS!

またクソゲーに殺された。

体温を吸って生ぬるくなったコントローラーをフローリングに投げ捨てて、このクソゲータイトルの制作を幇助《ほうじょ》したスタッフロールを睨《にら》む。

奮発したシアタースピーカーを震わせる荘厳な管弦楽はオーストリアで収録した生オーケストラだとか説明されても何も感じなくなってしまった。ただ、とんでもない人数のスタッフと潤沢な予算をこれでもかと注ぎ込んだ大作ＲＰＧがいま終焉《しゅうえん》を迎えた。

(これで終わりかよ)

肩透かしどころじゃない。正直、ゲームソフトとして販売していいレベルじゃない。

散々広げたシナリオは風呂敷をも超えてレジャーシートサイズで、あちらこちらに広げっぱなしのままで畳もうとした痕跡《こんせき》が見えなかった。どういうことだ？

だって、メジャーなゲーム情報サイトも口を揃《そろ》えて云《い》ってたじゃないか。これは『令和最初にして今世紀最大の期待作！』だと。まさかこの評価すらも仕込みだったのか……？

(確かにクソゲーって意味でビッグタイトルだけど)

ああ、愚痴が止まらない。徹夜明けの脳みそに不満が満ちあふれる。

(消費者センターに通報したらスッキリするのか？　窓口自体開いていない時間だけど)

さすがに酷《ひど》すぎないか？　ソシャゲでももう少し工夫していると信じたい。中途半端に投げられたシナリオは放送倫理検証委員会の審議が入るのでは？　と心配になるほどの出来。

嘘《うそ》だ。信じたくない。時間を返せ！

辛口レビュアーが発売前から手放しで絶賛しているなんてあり得なくて、びっくりするくらいにメディア露出やコマーシャルで宣伝するから期待していたんだ。

(畜生……っ)

突如現れたクリエイター集団が手がける！　なんて文言に期待してたんだ。昼夜問わず話題に上がるから間違いないんだって。

これは時代を変える大作だと発売日を指折り数えて待ち侘《わ》びたんだ。

(この作品は〝絶対〟だって！)

スタッフロールを目にする直前まで期待していた。これが大作だと信じて疑わなかったからこそ裏切られたという行き場の無い怒りが止められない。

正直、詐欺じゃないか？　って。

(宣伝と本編が別物って海外ゲームもビックリだろ……)

前情報では重厚でシリアスだと思い込んでいただけに、主人公のチートスキルでなんでも解決できる俺ツエー系ラノベテンプレに成り果てていたなんて誰が想像した。

苛々《いらいら》する。ふつふつぐらぐらと煮えたぎる怒りのぶつけどころが無い。こんな作品をリリースできるなんてスタッフの心臓に毛が生えてんじゃないのかと疑うレベル。

もしも俺がこの作品に関わっていたら、暫《しばら》くは外出を躊躇《ためら》うぐらいのクソゲーだ。

何が《すべての常識を覆す未知の幻想世界《ファンタジー》》だ！

よくもすべてのＲＰＧを過去に還《かえ》す！　なんて煽《あお》り文句を放ったな⁉

（お前がぶっちぎりのクソゲーだ……っ！）

クリアするまで期待に期待を重ねて本編に違和感を抱きつつも「きっと挽回《ばんかい》する」と肯定に肯定を重ねた自分自身すらも否定したくなる。

（冷静になれば、俺がどうかしてたんだ！）

無名の新人脚本家が率いるクリエイター集団に巨大ゲーム会社が惜しみもせず巨額の資金を出資するってなんだ⁉　社運を賭《か》けた期待作なんだって錯覚するだろ。

過激な広告で期待を煽って売りつけられた駄作以下の未完成品の何もかもが気に障る。

狭小でつまらない世界観。

ご都合主義で構成された稚拙なシナリオ。

人としての魅力を感じないキャラクター設定。

そして主人公を中心とした無駄すぎるお色気描写！

「クソゲーなら百点満点だな」

今からでもタイトルを《超駄作》に変えてくれって空に叫びたくなる。どうして俺はこんな作品に睡眠時間を奪われたんですかって。

延べ五十三時間のプレイを終えたいま、俺に残ったのは眠気だけだった。

「あぁー……クソ……ッ！」

怒りと諦《あきら》めを溜息《ためいき》に込めて、背中から大の字に倒れ込んだフローリングが冷たい。

引っ越し直後のワンルームには段ボールが積み上がっていて、俺は力なく仮眠用の毛布を手《た》繰《ぐ》り寄せて包《くる》まった。今夜はここでいい、気力体力が尽きてしまってベッドまで戻る気さえ残ってないんだ。

「はあぁー……遣《や》る瀬《せ》ない」

こんな駄作に転入初日の早朝まで時間を使ってしまうなんて。寝転がったまま延長タップに手を伸ばし、充電ケーブルをスマホに接続するとロック画面に今日の予定が表示された。


二〇二二年五月六日。リマインダーには登校日と表示されている。


「新しい学校か……」

地方の片田舎から東京に出てきて四日。今日から俺は新しい土地でのスクールライフが始まるというのにクソゲーのせいか心は虚無そのものだった。

今度の学校は多少はマシだといいな。地方私立と都立に大きな違いは無いだろうけど。

(期待するほどガキじゃないし)

先月までは教育方針が厳しすぎると有名な進学校にいたんだ。中高一貫の男子校だからか偏差値もそこそこ高い私学だった。

有名大学への進学率が高く、学校名を挙げると驚かれるような場所だったのに……高校二年生の五月という中途半端な時期に都内ではそこそこ程度の都立高に編入することになった。

理由は一身上の都合。

もともと父子家庭だった俺は……父さんの後妻、つまり継母《ままはは》さんと腹違いの妹との生活に慣れなくて今までの我慢をすべて吐き出すカタチで東京での一人暮らしを提案した。

高校生が一人暮らしなんてワガママは、産まれてから今まで文句ひとつ云《い》わない良い子を演じていた努力が認められて叶った。

（あっちも厄介払いしたかっただろうし）

自暴自棄じゃない。目の前の選択肢を選んだだけだ。選択肢はＲＰＧでよく見るアレ。

自らの決定で分岐した俺の人生《シナリオ》は一人で生きるルートに突入したって感じだ。継母さんはせっかく一緒に暮らせるんだからと引き留めてくれたけど、所詮他人の本心がどこにあるかなんて分からない。

人生初の《一生のお願い》を聞き入れた父さんは俺にひとつだけのルールを告げて転校の手続きから一人暮らしのすべてについての手続きをやってくれた。

（自分らしく生きなさい……ってさ）

今まで馬鹿高い学費を払ってくれていたのにゴメン、という気持ちは今でもある。だからこそ俺は自分らしく生きるために最初の一歩を踏み出してみた。

(後悔したって何も変わらない。それなら前進あるのみだ)

高尚な言葉はすらすら出てきても実際どうしたらいいのかまだ分からない。

畳んだ段ボールを重ねただけの寝床に家から持ってきた毛布の匂いがやけに落ち着く。目を閉じて目覚めればすぐに新しい学校だ。

これから何か変わるのか？　案の定、何も変わらないかもしれない。

ここでの生活に期待していいのか？　するだけ無駄だと分かっているのに。

(それでも元いた地獄よりはマシなはず)

学校なんてどこも同じで背景が変わるだけだと思っている。期待してはいけない。それでも数値化された成績でマウントを取られるような環境じゃないことを祈る。

夢も希望もない再スタートに思いを馳せながら目を閉じた――。

第一章 五月六日 金曜日

結果的に大した睡眠時間もなく登校初日の朝。

地図アプリを頼りに道路沿いの歩道を歩き上野公園に向かう細い階段を上る。今日から通う都立初春《ういはる》高校は上野公園の中、噴水のある並木道の奥に控えていた。

既視感のある見た目はたぶん赤レンガの東京駅に似ているからだと思う。校舎を見上げた俺は襟を正し、制服の裾《すそ》を引っ張ってしつけ糸を取り忘れていないかチェックしてから到着の挨《あい》拶《さつ》のために職員室に向かった。

＊

「失礼します、今日から転入するんですけど……」

職員室のドアの向こうに話し掛けられる教員がいないかと覗《のぞ》き込んだ。担任教師を呼べばいいんだろうけど、睡眠不足も重なって名前が思い出せなかった。

この時期に転入生なんて珍しいのだから、誰かしら気付いてくれるんじゃないかと広いフロアを見渡してみたが老若男女それぞれがこちらに興味が無いのか気にする様子も無い。

さてと肝心の担任教師を特定するためにも誰かしらに話し掛けないと、とフロアを見渡していると、プリントがたくさん貼り出されたパーティションの奥から大量のマグカップが載ったトレイを持った女性がヨロヨロと飛び出してきた。

（うわ……危なっかしい……）

見た目は小柄だが教師だろう。オーバーサイズのカーディガンに教員パスがぶら下がっていて、ワイドパンツから延びる足に履いた踵《かかと》の低いパンプスが右へ左へと彷徨《さまよ》っている。

女性が両手で持つトレイにはマグカップが並び、あのひとつひとつに液体が入っているのだと思うと重量がありそうだ。右へゆらゆら左へふらふら、バランスを取ろうにも最大積載量を超えたマグカップたちはカチャカチャと踊っていた。

フラフラと前も見ずにこちらへ向かってくる女性教師はブツブツと何かを確認していた。

「えーっと、赤いのが……紅茶砂糖抜き？　緑と茶色とピンクがコーヒー……あ、ピンクは、ウーロン茶で……えっと……魚の湯呑みが梅昆布茶で猫のカップは誰だ……ぁぁぁ～！」

なんだろう、この空気。

同僚が混乱しているのに誰も手を貸さないのが嫌な感じ。お茶を淹《い》れてもらったのなら取りに行けばいいのに、心配もしてない様子の教員たちに腹が立ってくる。

「えーっと……うわ、赤いカップふたつある……誰のだこれ、水玉は……えーと？」

思考に集中して覚束無《おぼつかな》い足取りの女性教師は不意につまずいて体勢を崩した。

カチャカチャカチャン！　マグカップが暴れ出す。

「あわっあわわっ……やば、ちょ、あぁぁ……熱ぅーっ!?」

踊るカップから溢《あふ》れ出した熱湯が手に跳ねてトレイが投げ出された。危ない！　側にいた俺は咄嗟《とっさ》に手を伸ばしてトレイをキャッチした。

「あ……危なかった……」

見事にキャッチできたけど手首にずっしりくる重さだ。こんな量を一人で運ばされていた女性教員は目を丸くしてこちらを見た。

「び、ビックリした……ぁ」

危機的状況を救ったのが生徒だったのがきっかけか、周囲にいた教員たちは席を立ち罰が悪そうに俺からマグカップを回収して運んでいく。

（それなら最初からやればいいのに）

怒りに似た苛《いら》立《だ》ちを感じるがこの職員室ではこれが常なのかもしれない。首から教員パスをぶら下げた女性はホッとした顔をしながら俺に向き直り改めて礼を伝えてきた。

「ありがとう！　えー……っと君は」

名前を思い出そうとしている？　それはどうやったって無理だと思う。今日転入してきたばかりだから相手が校長だとしても顔を覚えているとは言い難い。

「今日から転入になる篠森鷹空《しのもりたから》です。二年E組の先生を探しているんですが」

「しのもり？　篠森くん……ハッ！」

「は……？」

「私っ！　担任の東雲《しののめ》ですっ。到着早かったね！　迷わなかった？」

上野公園のど真ん中にあるような学校は迷わないかな……と思いながら担任を見る。

「はい。すみません、挨拶《あいさつ》が遅れて」

「いいのいいの！　さっきはアリガトね！」

取り敢《あ》えずは最低限の挨拶をしておけばいいかと頭を下げる。

「今日からよろしくお願いします」

「こちらこそヨロシクね」

で、この後はどうしたらいいのかと判断を仰ぎつつ職員室を見渡す。

今どき年功序列の男女差別で若い女性教師ひとりにお茶汲《く》みを押し付けるような体制が前の進学校と似ていて反吐《へど》が出そうだ。

初《しょ》っ端《ぱな》から共通点を見つけてしまった俺の返事はぶっきら棒だったけど東雲先生はそんな俺の姿が落ち着いて見えるのか褒《ほ》めてくる。

「はぁ……」

先生は「少し待ってて」と春色のカーディガンをひるがえして自分のデスクへと駆けていく。

透明感のある猫毛がふわんっと揺れる。

危なっかしい姿が第一印象だったせいか見掛け以上に幼く感じてしまう東雲《しののめ》先生だけど、目許《めもと》にうっすらと乗ったアイシャドウにツヤツヤの唇、ほんのり桃色の頬《ほ》っぺたを見るにきちんとメイクもできる社会人なのだから侮ってはいけないんだよな。

服装だってカーディガンにシンプルなパンツ、そして細い足首にはストラップのパンプスだし。たぶんオフィスカジュアルって服装なのだろうけど教職員ってイメージでは無い。

それでも出席簿を抱えてこちらにやって来られると教師なんだと意識する。

「少し早いけど教室に行きましょっか」

「はい」

周囲の視線も気になるし、ここに居ても何も始まらないし。

職員室を出るとこの学校のメインとなる学年棟と呼ばれる校舎の三階へ向かう。

ショートホームルームで紹介するからね、と意気揚々とした教師の後ろについて二年E組の教室へと入っていった。

「みんなおはよー。本鈴にはちょっと早いけど来ちゃいました」

ざわざわと賑《にぎ》わうクラスメイトたちが一同に転入生を注視するから、なんとも居心地の悪い空気に眉《まゆ》を顰《ひそ》めてしまう。

物珍しいだけなんだろうけど注目されるのってやっぱり苦手だ。東雲先生に手招きされて教壇に上がらされた俺の姿に、廊下で喋《しゃべ》っていた生徒たちも教室へと帰ってくる。

（……吐きそう）

転入生としての緊張と、昨晩の睡眠不足が吐き気の原因と分かりつつ、奇異の視線に晒《さら》されるのは気持ちがいいものではない。

「皆着席して～。連休前に伝えたとおり、こちらが転入生の篠森鷹空《しのもりたから》くんです～ヨロシク～」

この場を盛り上げようとしてくれているのか先生一人が小さな拍手を俺に送る。こんな空気は初めてだからどうしていいか分からないけど、取り敢《あ》えずは自己紹介だと口を開く。

「篠森鷹空です。よろしくお願いします」

以上と頭を下げる。出身地も趣味も別に知りたくないだろうしこれでいいだろう。一年間同じクラスだからと馴れ合う必要も無いと思うし……なのに。

「今日からよろしくねっ！」

「困ったらなんでも聞いてやー！」

「部活に迷ったら我がコミックアート部へ～！」

拍手喝采《かっさい》で新参者が歓迎される。ちょっと、いやかなりビックリだ。あっちでは弱肉強食の成績マウントが常だから温かく迎え入れられるとどうしていいのか……。

「くすっ。篠森くんの席は窓際の後ろ、教科書が置いてあるところね」

驚きが顔に出ていたのかな。なんとも気恥ずかしい気持ちを抱えたまま生徒たちの間を縫って自分の席へと向かう。

（転入生ってだけで歓迎できるとか意味がわからない……）

でも、もしかしたらこれが普通だったのかもしれない。この教室にいる面々は一緒に学習していく仲間みたいな存在なのかもしれない……まだちょっと分からないけど。

どんな顔をしていいのか分からず掛けられた言葉には相づちをうつ程度の返事しかできなくて、足早に用意された自分の席へと急ぐ。

教科書が置かれた自分の机に着席すると、取り敢《あ》えずは引き出しにそれらを突っ込んでいる間に本鈴が鳴った。教壇の上では先生がホームルームを始めようとしていた。

「さてと、登校早々金曜日ですね」

当たり前の話題に「そーですね」と返す生徒たちの反応はバラエティ番組っぽい。

「そして昨日まではゴールデンウィークでした」

さらに当たり前のことを被《かぶ》せてくる。天然ボケなのか生徒たちも小さく笑い出した。

「先生は久しぶりに里帰りしてきたので……みんなにお土産がありますっ！」

ざわめく教室。お土産という単語に盛り上がるが生徒にお土産って……全員分を？

「先生の地元は言わずもがな北海道ですね。北海道と云《い》えば定番のお菓子……といえば？

はいっ秋月実弥花《あきづきみやか》さん早かった!!」

クイズ番組の出題染みた切り口にすかさず机をタァ――ンッ！　と叩《たた》いて手を上げる女子。

名前は呼ばれたとおり秋月というのだろう。

高校二年生にしては幼い印象のするツインテールなのに妙に大人っぽいスタイルの女子が意気揚々と問題に答える。

「例のアレ！」

「もっと詳しく……！」

「例の……お菓子っ！」

「はい正解っ！」

嘘《うそ》だろ!?　漫才のようなやり取りに教室全体がドッと笑い出す。

「みんな〜！　北海道らしい甘〜いお菓子と聞いた瞬間に唾液《だえき》が溢《あふ》れちゃうよねー！」

煽《あお》るなぁ……。だけど答えは簡単だ。

北海道の有名なお菓子っていえば薄っぺらいラングドシャにホワイトチョコが挟まってるのが真っ先に浮かぶからほぼそれだろう。北海道銘菓ならバター飴《あめ》も有名だけど初夏の気温に一粒ずつ配られても溶けてそうだし。

ってことは消去法で白いなんとかだろうな。個梱包でばら撒《ま》きに最適だし。

「ってことでジンギスカンキャラメルです！　一粒ずつだけど皆の分あるからね！」

「なん……だと……?」

秋月という女子がわざとらしくガタンッと椅子から立ち上がり頭を抱えてよろめく。確かにジンギスカンキャラメルってなんだ？　足し算も掛け算もしちゃいけない組み合わせだぞ？

教室の中が謎《なぞ》のキャラメルでどよめくなか、さも当たり前のように人数分配る先生は「食べてみたい子はこっそりね～」と声を掛けていく。

俺の席にも前の女子からジンギスカンキャラメルが回ってきたんだが受け取り拒否をしたくなる組み合わせだよな……眉《まゆ》を顰《ひそ》めていると小柄な女子がこそっと打ち明けてきた。

「一応食べ物なのですが少しずつ食べれば攻略できるかも……です」

「それは不味《まず》いってこと？」

「うーん……なんだか不思議な味なんですよね……」

この子は食べたことがある様子で教えてくれたが、終始困った顔のままだ。不味いという言葉を使わずに不思議な味と説明されてもピンとこない。

塩辛いジンギスカンと甘ったるいキャラメルの相性は『甘塩《あまじょ》っぱい』と表現するのであれば意外と及第点なのかもしれないが……商品化されている土産物ならイケるのかも？

取り敢《あ》えずは食べずに制服のポケットに突っ込んでみたけど周囲を見ると数人の生徒は意気揚々と口の中に投げ込んでいた。どんな味がするんだろう……と見守る。

「ぶばっ！」

「げばぶっ！」

「ぴごぉ――――！」

……短い断末魔がそこかしこで上がっている。

「ののセンやっぱ不味いじゃんコレェェ!?」

ジンギスカンキャラメルを握り込んで壇上の教師を糾弾する秋月《あきづき》という女子。

「はい！　これが『味覚の作画崩壊』で有名なジンギスカンキャラメルですっ！」

パンッと手を叩《たた》いてニッコリと伝えるこの教師……まさかサイコパス？

「ということで隠れた北海道名物を今日ひとつ多く学べましたね。同学年でこの味を知っているということは、ひとつ多くの物事を知っているということになりますっ！」

そう言ってクラス担任は白いチョークを手に取って『アイデア』と黒板に大きく書いた。そこに矢印を向かわせて『知識』と『経験』という言葉に結びつける。

「知っているということを積み重ねていくと素敵なアイデアの素になります。この先、何かを作ったり生み出していくとき、アイデアが出なくて困ったとき、スランプなとき、困ったときにこのジンギスカンキャラメルの味を思い出してください」

きっといい解決方法が出てきますよ！　と締め括《くく》ったが、ピンチのときにジンギスカンキャラメルを思い出したところで何も解決しないんじゃないかと思ってしまう。

それに普通に生きていれば、マニュアルだらけの現代で自らアイデアを生み出さなければいけない場面なんてそうそう無い。何かを創るクリエイターだって日本でも一握り、いや一摘まみほどもいないだろう。

専門に進学したって優秀なクリエイターになれるかなんて分からない。だから学生のほとんどが就活の荷馬車に乗せられ社畜として企業へと出荷されるのに。

壇上で楽しそうに笑ってる先生だってお堅い仕事だから教師を選んだんだろう？　結局は安定が勝つんだ。凡人は凡人らしく先人が舗装した《安全な道《アスファルト》》を歩めば良い。

自分というＲＰＧに与えられたシナリオを波風立たせずに進んでいきたいのは誰しも同じなのだから。

「ふわぁ……」

眠い。無駄なことに脳内リソースを使ってしまった。

「それでは一時間目は体育だから移動しちゃいましょうか。今日も一日頑張ってね！」

ショートホームルームはジンギスカンキャラメルという北の珍味で終わりを迎えた。

＊

キーンコーンカーンコーンと定番の鐘が鳴り一時間目の準備に取りかかる。

一時間目はまさかの体育。ほとんど徹夜明けで何よりも初日から体操服を忘れてきた。

体育自体は制服でもできるだろうけど問題は体調だ……午前中に無理をすると午後の授業に差し支える気がしてならない。

（許されるなら寝たい。保健室で適当な理由をつけて休みたい）

先ほど話し掛けてくれた前の席の女子に保健室の場所を聞いて休むことを伝えてもらえるように頼んでから校舎の一階にある保健室へと向かった。

「失礼します……」

引き戸の向こうは清潔な匂いで満ちていた。フローリングの床にファブリックの二人掛けソファと同じ布地のベンチがテーブルを挟んで置かれていた。

保健室と知らずに入ったら何処《どこ》か暖かい家庭のリビングだと思ってしまいそうな場所だ。

入り口で突っ立っているとパーティションの奥からスリッパで歩く足音が近づいてきた。

「おや？　急病……？」

声がする方向をジーッと見ていると奥から出てきたのはクラス担任の東雲《しののめ》先生だった。

「って篠森《しのもり》くんじゃない！　どうしたの？　ってここは保健室だから……えーと？」

どうしてクラス担任がここにいるんだろう。どうしたのと聞かれても睡眠不足で眠すぎるから……なんて理由は言いづらい。

「取り敢《あ》えずは熱測って、問診票を書いてもらって……」

何故ここにいるのかは分からないけど東雲先生から問診票が挟まったクリップボードと体温計を手渡されると少し申し訳なくなる。

一緒に渡されたボールペンを手に取り症状の部分に睡眠不足、と書き込む。

「あらら！　大丈夫……？」

「寝たら回復するかと」

「そっかー！　良かった～」

体温計がピピピッと計測完了を報《しら》せて変わらぬ平熱を確認する。

「よしよし熱は無しっと。ベッドは最大二時間まで、それ以上は早退って感じです」

慣れた様子でベッドの使用を許可すると東雲《しののめ》先生は赤いサインペンで平熱の温度を書き込んで、ベッド使用に○を付けた。

「制服は適当に脱いで脱衣カゴに、あとベッドの中でのケータイは使用禁止ね」

「ケータイ……？」

……スマホのことか。今どきケータイなんて古い言葉を使うんだ。

「今から二時間なら私がいるから出ていくときは声を掛けてね」

その言葉から察するに保険医に代わってここの面倒を見ているのかな。前の学校でもカウンセリングやら出張なんかで保険医が外出することがあったみたいだし。

一先《ひとま》ずは手続きを終えたことでベッドのあるパーティションの向こう側へと通される。ベッドは合計で六つ。真っ白なシーツに包まれた布団の上には穏やかな色の毛布が半分に折り畳まれて足下に掛けられていた。

早速一番奥のベッドへと移動して仕切りのカーテンを閉めて制服を脱ぐ。

「ん？」

制服のポケットからコロンとキャラメルが落ちた。

朝食を抜いたこともあって寝る前には最適だろうと包装を剝《む》いて口の中に投げ込んだ……

その瞬間まで、これがジンギスカン味ということを忘れて。

「んぐ……っ!?」

不味《まず》い。酷《ひど》く不味い。作り手はどんな意味を含ませて作ったのかと問い詰めたいぐらいに。

噛《か》めば噛むほど肉の旨味《うまみ》と塩辛さが溢《あふ》れ出してくるものだから無心で噛んで呑み込む。

「はぁ……はぁ……」

小さなキャラメルひとつで悶絶《もんぜつ》したがその程度で俺の眠気は消えなかった。いや、今は気を失うように眠りたいとベッドへと潜り込んだ。

＊

「うう……ううう……――っ」

魘《うな》される声。なんだ？　どこかのベッドで誰かが魘されている。可哀想に。

もしかしたら俺か？　とも思ったけどうっすらと目蓋《まぶた》を開いて左右のカーテンを確認出来る

状態でもその声は聞こえていた。

起き上がって脱衣カゴの中で折り畳んだ制服のポケットからスマートフォンをタップで起こすと今が二時間目の半ばだということが分かった。

「うう……うう……～っ！」

まただ。誰だか知らないけど魘《うな》されているのなら起こしてやればいいのに……と思うけどもしかしたら東雲《しののめ》先生は不在なのかもしれない。

制服を整えて真っ白な仕切りを出ると俺以外のベッドは手付かずで、魘される声はパーティションの向こう……執務室のほうから聞こえていた。

まさか大怪我《けが》で動けない生徒がいるとか？　ベッドに間に合わず大病を発症した教員がいるとか……怖々とその場所に近づいていく。

「も、食べれない……ぅおぉ……ぎぶぅ……ぐぅ、すぴー」

「……」

ファブリックソファに身を預け悪夢で魘されているのは東雲先生だった……。

「ううぅ……デザートまで出てきた……むにゃ、しゅぴー」

「……」

満腹で死にそうな夢の中でめちゃくちゃぐっすり寝てるけど、また魘されたらビックリするし……何よりも今は勤務中じゃないのか？

ソファにすっぽりと収まる小柄な体を丸めて気持ち良さそうな寝息を立てている女性教師を起こして保健室を出ていくためにも声を掛ける。

「先生」

気付かない。それどころかむにゃむにゃと唇を動かしてご満悦だ。仕事中に爆睡できるなんて社会人としてどうなんだろうこの人と思いながら、もう一度声を掛ける。

「東雲《しののめ》先生」

割りと大きめの声を出す。教師は気付かない……いや、むしろ「ううーん」と寝返りを打ってキリキリと歯ぎしりをするレベルの熟睡具合だ。

どうしよう。誰もいないから大きめの声で起こしてみるか。

「先生っ、起きて。東雲先生……っ!」

小柄な体がビクンッと跳ね上がり、ファブリックソファから片脚がだらりと落ちた。こちらの声は聞こえたのか手指の先が返事のように動く。

(いや、それじゃ駄目だろ)

ここまで爆睡されると二度と起きないんじゃないかって諦《あきら》めそうになる。これで駄目なら近距離攻撃で起こすしかないのかな。

人差し指で肩を突いてみる。教師は眉《まゆ》をピクッと動かした。

これなら大きく揺すって起こすパターンでいい? だけどなぁ……。

（教師といえど女性だし気安く触りたくない……）

だからってこのままでは俺もこの人も次の授業に遅刻してしまうと決心して肩に触れる。

「先生、先生、起きて、起きて、起きてください……っ」

控えめに揺すってみたがなかなか起きない。

（昏睡魔法《スリープル》だって三ターンで起きるぞ……）

このまま捨て置いて一人で教室に戻っても許されるんじゃないか？

だけど、なぁ……見た目新人っぽいし失敗を重ねさせるのも可愛そうかな……。

そうなると起こすしかないと思いつつやはり相手は女性だ。これ以上強く揺さぶって起こす行為は生徒といえど遠慮したくなる。

（力加減を間違えると婦女暴行に繫《つな》がるかもしれないし……）

悩む。どうすればいい？　分からない時は調べてみろ、スマホで検索を掛けたらもっとスマートな起こし方があるかもしれないな……と検索窓に『女性の起こし方』と入力する。

「……っ！」

女性の、までを変換して次の文字を「起こし方」と入力したつもりが「犯しかた」になってしまっていけない気持ちになる。

（ないないないない！）

単純に入力がズレただけなのに赤面してしまうのは思春期あるあるだと言い訳したい。改めてネットの海で再検索すると男女間のアレコレのようないかがわしい記事ばかり出てきてまったく参考にならない。

その結果、眠りこける教師と起こせない生徒の構図が出来あがっただけ。

(……逃げようかな)

この人だって高校教師という立場なのだから、遅刻の責任ぐらい取れるだろうし。

「……うーん」

三十六計逃げるにしかずっていうだろ？　RPGにも《逃げる》ってコマンドがあるし。そうやって自分の気持ちに整理を付けようとするも胸が痛むのは多分、罪悪感だと思う。

「はぁー……ったく」

こんな気分になるなら肩を摑《つか》んで揺さぶって、ちょっと強めの声で呼びかけよう。

状況が状況だけに仕方ないんだと思うし、俺まで遅刻してしま――。

ドゥルルルルッ♪　テテテンッ♪
ドゥルルルルッ♪　テテテンッ♪

「んな!?」

なんの音だ!?　どこかのスピーカーから激しいビートが聞こえてきた。

（び、ビックリした……っ）
その音はこの教師を中心とした場所から聞こえてくる。静かな保健室に響き渡るメロディに
ビックリした俺は目の前で飛び起きる教師にも驚くことになる。
「フワーーーッ！」
ビックリした……声を掛ける程度の音量じゃ起きなかった筈《はず》だ。
「ま、まま、マナーモード……なってない……ぃぃぃ！　け、ケータイどこぉぉ――！」
飛び起きた瞬間からカーディガンやスカートのポケットをパンパン叩《たた》きながら音の発生源を
探し回る素早い手の動き。
音の発生源を探し回るも見つからず。いよいよ立ち上がって探そうとしたケータイはカーデ
ィガンの隙間《すきま》からポロッとソファの上に落ちた。
「あったァ！　ってギャァァァー！」
早朝のヤンバルクイナみたいな悲鳴を上げて俺の姿に驚く先生。
失礼な人だな。悲鳴を上げられるような見た目はしていないと言いたいが、俺は俺で叫ばれ
た瞬間に猫が垂直に跳ぶような驚き方をしていた。
東雲《しののめ》先生は俺に驚いて、俺は東雲先生に驚かされて、軽くパニック状態だ。
沖縄の絶滅危惧種みたいな悲鳴と携帯電話……のような何かから爆音でなり続けるアニソ
ンが場を満たしていく。

「お……音、切ったら！」

「そうだった！」

ピッ！　と電子音が鳴ると同時にメロディが止まってホッとする。東雲《しののめ》先生は安心したのか溶けるようにソファに落ちた。

俺は俺で令和の時代にガラケーを使っている教師にも驚いたけど、取り敢《あ》えずは教師を起こすというクエストはクリアした。

「えーと、篠森《しのもり》くん……だったね。よく眠れた？」

先生ほどじゃないですが、と言い返したい気持ちでいっぱいだ。

「あうぅ……っ、目がかゆいぃぃ……メイクはげちゃう……ううっ目薬ぃぃ……」

目を閉じたまま今度は目薬を探している様子の教師。この人、自由だな……。手探りで見つけた目薬を両眼に点《さ》してパチパチと何度かまばたきすると、潤んだままの瞳でこちらを見上げた。

「篠森くん授業戻れそう〜？」

「はぁ、まぁ戻りますが……」

「うんうん元気でよろしい。あ、篠森くんちょっとおいで」

ちょいちょいと手招きする先生に近づくと、冷やっこい手のひらを額に押し当てられた。

「……!?」

「うんうん。やっぱり熱もないし元気そうだし、行ってらっしゃい」

どこまでも自由な教師に見送られて保健室を追い出されて俺は授業に戻った。

＊

学校から帰るやいなや電気も付けずに眠り転《こ》け、気付けば深夜零時を過ぎていた。

空腹を訴える胃袋に従い階下のテナントに入っているコンビニで適当なスープと惣菜《そうざい》パンを買って部屋に帰る途中……俺の目の前には俄《にわか》に信じられない光景が飛び込んできた。


「ふえええええええ――――ン！」


酔っ払い……？　泥酔状態でドアに鍵を差し込む隣人と遭遇する。

（そこ俺の家なんだけど……）

春色のカーディガンにスカート姿の小柄な女性は鍵を差し込んでガチャガチャとドアノブを回している。

「はれー！　はれれ!?　じょっぴん掛かさってるよ――!!　じょっぴんー！　ちょー！」

ドンドンドンドン！　ドアを叩《たた》く。ピンポンピンポンとチャイムを鳴らす。

「あかなーいあかないよーちょっとどうなってんれすかーおーやさーん！」

開くわけない。開いたら困る。そこは俺の家だから……。小柄な女性は尚も鍵を回しドアを叩いているんだけど、俺はどうしたらいいんだろう……むしろこの女の人の出立ち、見覚えがありすぎて現状を否定したくなる。

（他人のそら似はよくあることだけど、この人……まさかな……）

「わったーしはっおふとーんにっかえりたい、だけ……れすっ！　あけてくださーい！」

困ったな……酔っ払いに遭遇したときは一一〇番通報でいいのかな。半泣きで鍵を回しまくる背中にいろいろ考えたが「話し掛けるの嫌だな」ってのが正直な感想。

「じょっぴん掛かさってるー！　ひらけーごまっ？　もうっ！　じょっぴんー！」

完全に見覚えのあるこの女性、大方部屋を間違っていると思うんだけど……知ってる人でも知らない人でも酔っ払いの相手はしたことないけど、どうしよう……話し掛けたくないけど……これ以上騒がれると近所迷惑だし。

「うあーんっ！　おふとんーおふとんにかえしてくださぁーいっ！　あぶらかためのめんましましー！」

そんな呪文で開くかよ。ってか、とうとう両手でドアを叩き始めた。ドンドンドン！

「ちょっ！　近所迷惑だって……先生！」

ああ、嫌だな。厄介ごとになりませんように……。

「へにゅおぉぉ～！　はなして～おふとんにっかえるんだべさっ！」

「ここ俺の部屋だから」

「ふあー？　そんなことないってーここ、わらしのいえっらもん～っぷくく～っ！」

どうしようこの人。昼間の雰囲気とは違って酒臭いし目つきも危なっかしい……あとヘタに顔見知りだから通報もできないし。

（都立初春《ういはる》高校女性教諭。深夜未明に生徒宅のドアバンバンで書類送検って馬鹿すぎ……）

ってかどうしてここに。学校から徒歩圏内だから同じマンションって可能性……？　と仮定して正しい部屋にお帰り願いたいけど肝心の部屋が分からない。

「あぁぁ～も、ねむい……うおぁう……ここでねる……」

「待て、待って、これうちの鍵。ちゃんと……開くから……ほらっ！」

鍵を差し込んでドアを開ける。人感センサーでパッと明るくなった照明で部屋の中まで見えるだろ。これに気付いたら正しい場所に帰ってくれ。

「たっらいま～！　うえっへっへ～！」

東雲《しののめ》先生はフラフラ～と玄関に吸い込まれていく。見事な千鳥足だ。

……って！　待てって、そこは俺のだって……っ！

「ふあーおふとんさんたらいま～！　ふわぁぁぁ～あいたかったよマイスゥーイトラビーィン

グ……おふとぅん……むにゃぁ……」

迷うこともなくベッドへ向かい、そのままバターンと倒れ込む。

マジ？　待って？　見事な布団ダイブを決められた教師に俺はどうしたらいい？　酒臭い吐息はすでに眠りの呼吸に切り替わりそのまま気持ち良さそうに寝息をたて始める。

「ぐぅ……すぅ……しゅぴぃぃ……んふっ……ふへー……むにゃっ」

(どういう状況だ？)

混乱してよく分からない。クラス担任が泥酔状態で部屋を間違えて俺の部屋だからと証明したら爆睡を決められてしまった……？　なんだこれ……？　現実でこんな面倒くさいイベントが発生するとか……あり得ないだろ。

「ぐーしゅぴー……すやぁ……すやぁ……ぴすぴす……」

どうしよう……ガチ寝してる……。俺の家なんだけど生徒の家なんだけど、曲がりなりにも……年頃の男の家なんですけど？

「むぅう……すゅぴぃ～むちゃ……むにゅ……にゅふふ……」

この現状。俺はどんな顔をしてこの状況を打破すればいい？

(頭痛くなってきた……)

困った。困りすぎてコンビニ袋をぶら下げたまま三分ほど立ち尽くしていた。

惣菜《そうざい》パンと一緒に買った即席スープが生ぬるくなってそうだし何よりも俺は空腹だから

……取り敢《あ》えず食べようか。

眠る先生に背を向けて惣菜パンとサラダを並べる。コンビニでお湯を注いだスープも程良く冷めて食べ頃だと無言で食す……んだけど。

(背後の違和感が凄《すご》い)

気配どころか寝息まで聞こえてくる。実家にいた頃でも自室に他人を招いたことが無かったから一人暮らしの部屋に誰かが眠っているのは違和感以外の何物でも無かった。

「うう――……むにゃむにゃ……あう、うう――……む」

背後でゴソゴソと衣擦《きぬず》れが聞こえてきて、時折ペチンッペチンッと聞こえてくるから何をしているんだと後ろを見る。

「あう、ぁ……はずれにゃい……ぶらー……ぶぅらぁ」

「はぁ……っ!?」

下着の締め付けで寝苦しいのかもしれないけど外すな。これ以上爆睡されるのも困るし、こんな場所で服越しとはいえ下着を外すとか……。

「ん……もー、むにゃむにゃ……ぬぐー……ぬげばいーんでしょーぉ……にゃむぅ」

脱ぐ、という言葉で思わず後退《あとずさ》りしてしまった。背中を向けて寝ている先生はブラウスの前ボタンを外そうとモゾモゾ動き出す。

駄目だ……駄目だって！　この人、このままだと上半身を露わに!?　いやいやいや勘弁してくれ。上半身裸は非常に不味《まず》い。

締め付けによる寝苦しさを解消すればいいんだろうけど、ここで脱がれるぐらいなら……！

「は……外すだけだからな……起きるなよ……っ」

半裸で寝られるのも困るし起きて揉《も》め事《ごと》になるのもゴメンだ！　冤罪《えんざい》も冤罪だろっ！　心の平穏の為にも眠る彼女に近づいて背中に手を伸ばし、視線はできるだけ遠くを見た。

（ブラって……どんな構造だっけ……）

女性の下着なんて外したことないし手許《てもと》を見ない状態でブラホックを外すなんて至難の業。落ち着け、考えるんだ俺。

これがブラジャーと考えるとパニックになるけどパーツ単体で考えろ。ホックだから引っ掛ける構造……とすれば左右を引っ張って嚙《か》み合わせを外せばいいはず！

「……ごくっ」

呼吸で膨らむブラウスが温かい。寝息で上下する肩が小さい。背中が……薄い……。念のため「失礼します」と謝ってから……ブラウス越しに下着を引っ張った。

「ふぁ……むにゅる……うー……」

思った以上にしっかりとした芯地の左右を持ち上げて金具の嚙み合わせを外す。

ぷつんっ。

軽い手応えに続いてブラウスの内側で細い帯が左右に分断された。

「ふぅー……ふはー……むにー……むひひ……ふしゅる〜……ぐぅぅ」

服の中で左右に分かれた下着のシルエットが浮かんでいる。薄色のブラウスにほんのり透けた女性特有の下着のラインを見てしまうと妙に意識して手に汗握ってしまうのは何故だ？

自分自身は草食系でも肉食系でもないと思っていたけど男なら本能に焚《た》き付けられるものがあるってことなのかな……悔しいけど思春期まっただ中なんだと知ってしまう。

寝息が静かになった先生を放置して食事を終えると引っ越しの際に出た段ボールゴミをまとめた物と一緒に捨てに行こうと部屋を出た。

「よいしょ……っと」

屋内に設置されたゴミ捨て場にゴミを出してエレベーターを待つ。部屋に帰ると東雲《しののめ》先生が引き続き寝ているんだろうけど……どうしよう、厄介だな。

部屋を間違えるほど泥酔していたから警察に引き渡しても良かったんだろうか……？

（初日から事件が多すぎる）

……結果的に俺はあの人が起きるまでベッドすらも使えないんだけど、起きた時にまだ酔っていたらと思うと気が重い。

五階フロアの角部屋に到着して鍵を開ける。足音を小さくして部屋に戻るとベッドに座ったままボーッとしている先生がこちらに気付いた。

「うわ……っ」

右を見て、左を見て、ぐるっと部屋中を見渡してから俺を見て首を傾げる。

「ここ……どこ……」

俺の部屋です。

「はれ……わたしはだれだったかな……？」

東雲《しののめ》和々花《ののか》だろ。

「って……まさか記憶喪失？」

どうしよう。酔いどれも困るけど記憶喪失はもっと困るよな……帰る家だけでも思い出してほしいんだけど、こんな状態の酔っ払いに遭遇したのは初めてで介抱の仕方が分からない。

取《と》り敢《あ》えずは記憶喪失として、通報するなら救急なのか緊急なのか。オペレーターになんて伝えればいい？

「きおくそーしつじゃにゃいけろぉ……」

「本当……？　名前は……？」

「しののめののかにじゅーはっさいどくしんっ！　やぎざのびーがたでしゅっ！」

そうか。今日会ったばかりの二十八歳独身はもう少し大人だと思っていたけど酔い潰《つぶ》れて家を間違えたりする人だったんだな……。

「それよりここ、ろこれす〜？　わたしのおうちはど〜こ〜？」

「俺が聞きたいよ……」

最低限の個人情報は思い出せても家が分からないままか。学校に連絡しようにも深夜だし明日は休日だし、ここに帰ってきたってことは近くに住んでいるとは思うんだけど……。

「はれ？　きみ、は……しのもりゅくん？」

「そうですね」

俺の顔を思い出したのなら帰る場所も思い出してくれ。

「いっしょに飲みにけーしょおぉぉ――ン！」

「はぁ!?」

の、飲ミニケーションって？　先生はペットボトルのお茶を指さして陽気に歌い出す。

「おちゃおちゃチャチャチャ〜！　いいぞぉ〜飲め呑め〜！」

え、え、どうしよう。酔っ払いに絡まれるの初めてなんだけど……煽《あお》るようなコールでお茶ペットボトルを見ながらバイブスがあがっている。

「このお茶がなんだよ……っ？」

「よっ！　しのもりゅくんのいっきのみキタコレェェ〜」

ええ……？　お茶を手に持ったのは間違ってたのか？　先生のテンションがさらに上がる。

「しのもりのっちょっといーとこみてみたいー！　ヒュー！」

これ、ネットの配信動画で見たことある。乾杯コールってやつだった気がする。

「最初に一口くぴぴぴぴ！　お次に二口くぴぴぴぴ！　もひとつおまけにくぴぴぴぴ！」

人生で初めての乾杯コールを出会って早々の教師にされている。何だよこれ。どういう状況だよ……お茶を飲めばいいのか？　これってパワハラじゃないのか？

「はい！　ゴックンゴックンゴックンゴックン！」

思わず狼狽《ろうばい》するけれど飲まないとコールが終わらない気がする。今は深夜一時も回ってさすがに近所迷惑も甚だしい深夜帯だし……！

「はい！　ぐいぐいぐいぐいっぐいぐいぐいぐいっ！」

こんなの生徒に教えて大丈夫なのかこの先生。だけど、このまま飲まなかったら陽気なコールが終わらな……っ！

「ぷは――っ！　飲んだぁぁ――っ！　ヒィ――っく！」

「飲んでないっ！」

歌って踊ってテンション上がって飲んだつもりになって一人上手が過ぎるだろ!?

「吐くっっ！」

「はァアーっ!?」

ちょ！　待て！　突然すぎるから！　トイレに連れて行って間に合うか……って……！

「んにゅううう――！」

口許《くちもと》を押さえた先生は迷うこと無くトイレに向かってドアを閉めた。なんだ……この人？　トイレの位置まで知っているのか……？

『おべろ――ん！』

謎《なぞ》のフレーズから暫《しばら》くしてからトイレの流水音が聞こえてきた。廊下の奥から戻ってきた先生は先ほどとは打って変わってゲッソリと青ざめていた。

「すみません……あの、ここ……どちらさまですか……？」

うわぁ……。どうしよう、この酔っ払い。

不安そうな顔で部屋中を見回してビクビクしながらこちらを窺《うかが》ってくるんだけど、正直不安なのは俺も一緒なんだと泣きたくなってくる。

「え……！　し、篠森《しのもり》くん……だよね……？」

青ざめた顔でビックリして、どうしてここに？　と言いたげだった。俺としても酔って眠って歌ってゲロって今ここに立っているのはどうしてですか？　と聞きたかった。

「え、えっと……ここは……？」

「東京」

「え、ええ!?　も……もう少し範囲を絞って……」

「ステラ・エ・マレ」

っていうのはこの建物の名称。

「あれ？　ってことは……私の家だよね……？　あれ？　私の家具は……ええ!?」

あー……この人、このマンションに住んでいるぽい……。

「え、ええ……でもここ、この間取りは私の部屋だし……あれ？　あれれ……!?」

他人の家でゲロまでしたのにオロオロと怯《おび》えながら部屋を見回す酔っ払い。間取りが一緒ってことは上の階か下の階なのかな……？　頼むからそろそろ帰る家を間違えたんだってことに気付いてほしい。

「ど、どうして……私の部屋に篠森《しのもり》くんが……？」

「まだ気付かないんだ」

不安げにコチラを見る東雲《しののめ》先生は突然「ハッ」と気付いて、探偵が真犯人を暴くかのように震える指をこちらに向けた。

「もしかして連れ込ま……」

「五〇三号室っ！」

まさかの冤罪《えんざい》に声が大きくなる。自分の声量に驚いたぐらいだ。

「え？　は、えーと……私が六〇三だから～ぁぁぁああ!?　え……あ、ぁ……だから篠森くんが五〇三で……ぁ、はは～！」

ギクシャクしながら真相を確かめる先生。マンガみたいなリアクションだ。

「下の階だったーァ！」

教師なんだから生徒の住所ぐらいは把握しているのか不器用に後退《あとずさ》りしていく。

「……ご……ごめんなさい――っ！」

ベッドの上で頭を下げた。人生で初めて見る本物の土下座ってスタイルなんだろうか？　取り敢《あ》えずは迷子の酔っ払いは帰る場所を思い出したみたいだ。

「はぁー……気を付けてよね」

勤務中にも爆睡してたし酔っ払って家を間違えるし、深夜にドアをバンバンするしガチャガチャするし歌い始めるし……年の割りにアグレッシブすぎるだろ。

「は、はいー……！　さ、さて先生はおうちに帰りますね……そ、それじゃ……お、お世話様です……っ！」

「はい。深夜なので気を付けてください」

やや冷たい返事だと思うけど内心引っかき回された仕返しみたいなもんだ。東雲先生が廊下の奥に消えてガチャリとドアが開くのを聞いて、俺も施錠のために玄関へ向かった。

「あ、あのっ……篠森くん、その……っ」

ドアの隙間《すきま》からこっちを見る先生。恥ずかしそうに何かしら聞きだそうとしている。学校には黙ってほしいとか？　別に言わないけど……。

「私たち……何も無かった、よね……？」

「は……ァ！」

何もってなんだよ⁉　何をどうしたらそんな言葉になるんだ⁉

「そ、その……下着が外れてるんだけど……ぉ〜」

「あ、あ、あ、アンタが勝手に外したんだろっ！」

咄嗟《とっさ》に嘘《うそ》をついてしまった。寝相でうごめく指先がホックに触れていたら外せたのだからこれはセーフだし！　俺が外したのもいわば事故だ！

「とにかくっ！　何も無かったから！」

「う、うんっ！　ありがと……グッナイっ、なんちゃって〜っ」

安心した教師は手を小さく振ってドアの向こうへ消えていく。足音が遠のくのを確認してからドアロックを閉める俺の手は震えていた。

「なんなんだ……あの人……」

ヘナヘナとその場にしゃがみ込みたかった。怒濤《どとう》の展開で意識が逸《そ》れたのに指先にブラホックの感触が戻ってきてしまった。

持ち上げて、引っ張ってホックの嚙《か》み合わせが外れた感覚まで鮮明に。

「はぁー夢にみそう……」

今夜は悶々《もんもん》としそうな気がするしこういう夜は早く寝てしまうほうがいい。とっとと夢の世界にダイブしてしまえば明日には忘れているだろうとベッドへ。

ぼふんっと座ったつもりがじわりと広がった体温の名残にビクッと反応してしまう。

「……ッ!?」

シーツが人肌温度に暖かくて先生の匂いが残ってる。女の子らしい甘酸っぱくていい匂い。手のひらを押し当てた布団から暖まった香りがふわふわと立ち上ってくるし！

（めちゃくちゃ意識しすぎだろ……！）

男女間の隔たりを強く意識したことは無かったのに小さな体や下着のライン、ベッドに移った残り香なんかが胸をドキドキさせてきて落ち着かない！

「ま、窓を開けよう……換気は大事だし」

酒臭さも残っているかもしれないと窓を開けてまろやかな甘い香りが抜けきるまで粘ってみたが、シーツに残った先生の気配は一晩中消えることもなく……無駄な足掻《あが》きと分かりつつも徒歩圏内で行けるネカフェを探すなどして夜を明かしてしまった――。

＊

《東雲和々花《しののめののか》酔いどれ乱入事件》から数日。

クラス担任が上階の住人だったことには驚いたけど、あの事件がきっかけで件《くだん》の教師は俺に対しての距離感が近くなった。

私生活でも部屋が上下階ってこともあってコンビニやゴミ捨てで何度か挨拶《あいさつ》を交わしたせいか今やかなりフレンドリーに接してくる。

そんなことを考えながら初夏の日射しが差し込む専門棟へと移動していると、後ろから東雲先生の声が聞こえてきた。

「あ！　篠森《しのもり》くん、ちょっとお願いが……！」

彼女の声に春風が吹き込んだ。開けっ放しの窓から降り注ぐ太陽光が透明感のある毛束を明るく照らしている。

袖の部分がふんわりとしたカーディガンに淡色のブラウス、膝下のスカートは涼しげで足下のストラップシューズが大人っぽくも可愛らしい。こういう服装はオフィスカジュアルというらしく、そのままオフィス街を歩けるようなファッションという意味で若い女性たちから愛されているコーディネートらしい。

そんな若い女性たちの一人である先生が俺を追いかけてまで声を掛けてきたっていうのは、なんのお願いなんだろう？

「えーっとね、ここだけの話なんだけど……夕方ってお家にいるかな？」

「夕方？　まあ……いますけど」

予定を聞いてどうするつもりなんだ。先日の口封じに食事にでも誘うつもりなのか？　学校近隣だと誰に見られるか分からないし、どこかレストランとか……？　なんて頭の中をグルグル巡るディナープラン。

「良かったー！　お店で荷物の伝票に『留守時は五〇三号室に』って書いちゃって」

マンションの宅配ボックスは夕方には埋まってしまうからと照れ笑いを浮かべ、俺は脳裏にオートロック付き単身者マンションの設備を思い出していた。

住民の特性上、平日の日中はほぼ不在だから宅配ボックスはいつも満室になっている。

「受け取ったら届ければいいの？」

「夜九時以降なら確実にいるからお願いできる……？」

九時頃に帰宅ってことか。その時間だと再配達受付も終了しているだろうし……学校では世話になっているからそのぐらいはしてあげてもいっかと「うん」と応える。

「ありがと嬉《うれ》しい～っ！」

ぴょこぴょこ跳ねて喜ぶ二十八歳独身女性。こんなやり取りをしている俺たちは仲が良く見えるのかすれ違う生徒たちが利き耳を立てて通り過ぎる。

「……声のトーン落として」

はしゃぐ教師に「聞かれてるよ」と釘を刺す。学校での俺たちはあくまで教師と生徒なんだからと。いや、それ以外の関係性でも無いんだけど。

「それじゃ、今夜九時……よろしくねっ♪」

「うん」

腕の中にファイルバッグを抱えなおした東雲《しののめ》先生は心なしかスキップを踏むかのようなご機嫌で去っていく。

（喜び方が同級生みたい）

年甲斐も無く落ち着きも無い人だと思いながら先生の後ろ姿を見ていると、社会人って存在は俺たち未成年と大して変わらないのかもしれないと感じてしまった。

＊

学校から帰ってくるとミラーカーテン越しに西日が差し込んでいた。

夕方配送と聞いていた東雲先生の荷物は帰宅から暫《しばら》くしてやってきた。

「なんだこれ……」

受け取った荷物は両手で抱えて丁度良いサイズの箱。ラベルには有名家電量販店の名前が印字されている。それよりも気になったのは伝票に記載された商品名……。

「テレビアニメーション『プリティピュアリィ』十周年記念ボックス？」

名称から察するにテレビアニメのＤＶＤボックスだと思うんだけど……あの人って二十八

歳独身女性だよな……。

十年前のアニメだから自分で試聴するって方向でも全然問題は無いけど……。

(意外。アニメ見るんだ)

自立した個々人がアニメ好きだろうがゲーム好きだろうが赤の他人である以上干渉しないのがいいとは分かりつつ、東雲《しののめ》先生の意外な一面のような気がして伝票のタイトルを巨大通販サイトから検索する。

「……高すぎ!!」

個人の買い物に野暮な驚き方をしてしまった。

発売日的にも初回限定プレミアムボックスという商品らしく、封入グッズの豪華さは勿論《もちろん》、特典映像が大ボリュームでファンたちが熱いレビューを投下していた。

「これが大きなお友だち向けなのか……」

同時発売の通常版は比較的買いやすい価格帯だったからこそ、コレクター心をくすぐる限定ボックスはマニア垂涎《すいぜん》の豪華仕様だったらしい。

(金に糸目を付けないアニオタだったとは……)

趣味はひとそれぞれと分かってはいるけど教職の彼女からそんなイメージは想像付かなかったから人は見た目だけじゃないんだなって良い勉強になった。

今はサブスク主体の世の中だから探せばどこかの有料配信で再生できる筈《はず》なのに敢えてパッ

ケージ版のディスクに手を出すなんて……大人なんだな。

こんな金額のボックスに手を出すぐらいなのだからよっぽど好きなんだと思う。

取《あ》り敢えずは荷物をテーブルの上に置いてから外出用のボディバッグに適当な袋を突っ込んで、夕食を求めて夕暮れの街へと繰り出した。

＊

スマートフォンから軽やかなメロディが流れ出る。

通知音ではなくアラーム。スマホをタップして解除すると表示された時刻は二十一時十五分を差していた。

東雲先生は二十一時には帰っていると言っていたから受け取った荷物を渡しに行っても問題ない時間かな。

サクッと上の階に運んでその場で別れれば五分と掛からない用事だろう。

一階で待機しているエレベーターを呼ぶのも時間の無駄だしとエレベーターホールから階段を使って六階フロアへと駆け上がる。

自分の住むマンションといえど居住区以外のフロアには立ち入らないから六階の景色を見て「本当に一緒なんだな」と感心した。ここまで一緒なら多少の迷子は許せる気がした。

(ドアもチャイムも一緒だ)

……そりゃ当たり前か。外見は完全に一緒だから、酔いどれ乱入事件も今回だけは許していいかなと納得する。

フロアの廊下も突き当たりのドアも一緒でインターホンを鳴らすときに一瞬躊躇《ためら》ったぐらいだ。

オートロックのマンションはエントランスとメロディパターンが違う。部屋の中に反響した短いメロディが遠く聞こえる。暫《しばら》く待っているとパタパタと駆け寄る音が聞こえてきた。

チェーンロックが擦れる音に続いてガチャンガチャンとダブルロックを外す音がして、ドアの隙間《すきま》から女性らしい良い匂いがふわりと溢《あふ》れてここが彼女の家だと認識する。

「篠森《しのもり》くんありがとうっ！　今日欲しかったんだ～！」

「テレビアニメ『プリティピュアリィ』限定ボックスを？」

「のあぁ――!?　でで伝票に載ってたのぉぉ――!?」

読み上げられて困るような商品を生徒に受け取らせるなと目で訴える。先生は額に手を翳《かざ》してヨロリとふらつくと両手を差し出して荷物を受け取った。

「それじゃ」

「ま、待って篠森くん！　お夕飯食べてかない!?」

飯？　そういえば買い物に出たっきり冷蔵庫に仕舞い込んで何も食べてない。

「別にいいけど……？」

了承した瞬間ニタァと悪い顔をする東雲《しののめ》先生。

どうした……。誰かと食事するのがそんなに嬉《うれ》しかったのか……？

「うふふ……っ！　二人で悪いコトしちゃおうよ～」

悪いこと……？　それは夕食と何か関係があるのか？　それとも先生のいう「お夕飯」って言葉には何かしらの意味が……？

「具体的に言ってもらえますか」

「先生とイケないことをするの……うふふっふへへっ」

聞き捨てならない表現だけど東雲先生のことだから深い意味があるのかもしれない。こんなちゃらんぽらんな二十八歳独身でも真っ当な教職員だからな……。

「で、真意はなんなの？」

「キメるわよ……夜ピザ！」

「はぁ……は？」

「こんな時間から！　欲望のままに！　ピザをキメちゃう……背徳の肉汁ぅぅ～！」

「…………」

なるほど。寝支度にはまだ早いけど晩ごはんにはもう遅い、小さな子どもを寝室に追いやって夫婦で楽しむ晩酌タイムみたいな感覚なのか。

女性はスキンケアのためにも夜九時以降の飲食は控えるっていう話を聞いたこともあるから、こんな時間にピザっていうのは『悪いコト』に分類されるんだろうな。

「欲望全開全力大回転でめちゃくちゃイケない夜にしよ……ふふふ！　トッピング三倍バカ盛り肉ピザにクラフトコーラで口止め、じゃなくて肉欲の沼に溺《おぼ》れましょ～グフフ！」

ピザだけでこんなにテンションが上がる人、初めてみた。あとこの文言、近隣住民に変な勘違いをされたら厄介だな。

「玄関前だよ。そして俺は生徒なんだけど？」

「ぐわぁぁーーっ！　だがしかしっ育ち盛りがピザの誘惑に勝てるワケがないって教育者なら誰しもが知っているから……ね！　さあチーズの国へ一名様ようこそー……っ！」

一つ上の階はアミューズメントパークだったか……ピザ一枚でここまで元気になるんだから生きてて楽しそうだなって思う。

まあ、ピザは嫌いじゃないし推定アニオタ教師の部屋の中も興味あるし……。

「分かった。サラダも付けてよね」

「ポテトとナゲットじゃなく!?」

先生のイメージする育ち盛りの男子はどうなっているんだ。炭水化物を食べるのであれば生野菜も必要だって食育で習ってるんだぞこっちは。

「まぁまぁ立ち話もなんだし入って入って。散らかってるけど一名様お通しでーす」

「はいはい……」

俺の思う二十八歳独身女性はこんなガキっぽくはなかった。高校生が抱く一回り年上のお姉さんのイメージが瓦解《がかい》していく。

（この調子だと部屋の中もアニメグッズで散らかってたりしそう）

基本的に上階と下の階で間取りは同じだ。殺風景な俺の部屋と違って女性の部屋がどんな雰囲気なのか気になってくる。

トイレも洗面所も同じ位置にある面白みの無い廊下の先を行くと、俺の期待は数秒で裏切られることになった。

「散らかってない!?」

むしろキレイに片付いている。木目とファブリックの組み合わせが暖かなナチュラル系のルームデザイン。ちゃんと使用されているキッチンカウンターも可愛らしい小物で飾られていて俺の部屋とは別物に見えた。

ガラス瓶《びん》に生けた観葉植物。本棚には参考書が並んでいてコミック本すら見当たらない。

（モデルルームみたいだ）

そんな部屋の主は鼻歌交じりにアニメＤＶＤの梱包を解いているのが信じられない。

「ラブラブプリピュア～♪」

嬉《うれ》しいのは分かるけどさすがに子どもっぽく見えるっていうか……言葉を濁さずにスト

レートに伝えるなら俺より精神年齢が低い。

ボックスの封入特典をひとつずつ手に取り破顔しながら愛《め》でている教師をどういう目で見ていいのか分からないし。

「ギャー！　聖ピュアリィロッド万年筆……何コレ最高の出来ィィ――――！」

絵に描いたようなオタクの反応を目の当たりにして、取り敢《あ》えずは部屋の隅でスマホを取り出してピザを注文しようと現実逃避。

引っ越し当初クーポン欲しさにアプリを落とした店があったからそこにするとして、住所は一つ上の階……名前は東雲《しののめ》和々《のの》花《か》で登録っと。

全品半額クーポンをゲットしたところでメニュー一覧が表示されると先生の言ってたピザをヒントに適当に注文し始めた。

（肉バカドリー夢ピザLサイズ、トッピング三倍のチーズ増し増し……ドリンクがクラフトコーラとウーロン茶。サイドメニューにシーザーサラダとポテチキオニオンっと……あ、デザートにパチパチコットンキャンディアイス……っと）

さすがに値段が張ったけど半額クーポンがあるから問題なし。適当に選んだサイドメニューを含めても割り勘なら許される値段だし持ってきてもらうなら余るぐらいが丁度良い。

スマホからオーダーしたピザはスマホに紐《ひも》付けたデビットカードから決済だ。

「……注文したよ……って、まだやってるのか」

「あっ……ぁぁぁ……こ、これは美麗……あっあっ！　このっこのっ描き下ろしイラストぉおぅぅ、あっ、眩《まぶ》しいっ！　と、尊い……！　駄目、死ぬ……死んじゃうぅ……！　眼福……っ、眼福すぎて成仏しちゃう……ぅぅ……なんまいだなんまいだ！」

開封したタペストリーに向かってお経を唱え始めた。尊さで成仏する自分に手向けるお経なんだろうか？　自給自足ができている。

「ハ……ッ！　この、ピュアフラワーちゃんのこの気が狂いそうなフリルの描き込み……ぁぁあ！　やっぱりっ！　ニシキング作監ぁぁ～ン……ぁぁっ、ぁぁあ～！」

この人、見た目も部屋の中もキチンと整えているのにアニメグッズだけでこんなに喜べるってことはコア層のオタクに見えるんだけど……その気配が一切見えないんだよな。

このプライベート空間だってオタクの匂いが一切しないし。

（女オタクの部屋ってこんな感じなんだろうか……凄《すご》いな、異世界だ……）

部屋は心を映す鏡っていうし、アニメグッズ一つで大興奮するぐらいのファンならもっとごちゃごちゃするんじゃないかって思ってた。

興奮気味にアクリルスタンドを並べてニコニコ眺める先生は破顔したままブックレットとDVDのボックスを抱きしめて廊下のクローゼットに向かった。

「ん……？」

よく見えなかったけどマンガやフィギュアが所狭しと詰め込まれていたような。

（まさかこの人……）

モデルルームの外見を維持しながらもあらゆるアニメグッズを収納に隠している……？

まるで一般人に見られまいとオタクを完全封印していると言いたげな完璧な部屋ってことは。

「……隠れオタクなのか」

「隠れるも何もオタクでは無いでござるよ鷹空《たから》どのっ！」

赤面して早口でまくしたてられると同意されたようなものなんだけどな……と顔に出る。

「ちょ、ちょっと……待って、待って！　完全に擬態していたのに……配送伝票のせいでっ……あああ……待って、待ってぇぇ……いつもの先生に戻るからぁぁ」

いや、思い返せば保健室で鳴り響かせていたガラケーの着信音もアニソンだったな、と。

「お、オタクじゃなくて、ちょっとだけマンガが好きなだけなの……ホントなのだホントなのだそんな目で見ないでくれなのだ篠森《しのもり》くん……っ！」

そのおかしな喋《しゃべ》り方が、いわゆるサブカルスラングってやつなんだろうな……って。

一生懸命弁明する姿が面白くてこのまま放置していたらどんなワードが出てくるんだろうって好奇心からジト目で睨《にら》んだまま黙ってしまう。

「いとヤバし……っ！　高校教師がオタクだなんてバレたら私の印象が、ががが、ぶんこ！」

アニメ好きってだけでここまでギクシャクするのは何か理由があるのかな？　今どきアニメやゲームが好きってぐらいじゃ誰も否定しないと思うんだけど……。

我を忘れて熱中できるぐらい好きな趣味をどうして隠す必要があるんだろう？　アニメだってゲームだって楽しむために作られた娯楽なんだから堂々とすればいいだけなのに。

「どうして隠れオタクしてんの？　うちの生徒だってグッズ持ち歩いてたりしてるよね」

「あうー！　だって、教師がオタクって……だって……だって、アレだもんっ！」

語彙消失を確認。勉強を教える側の教師がそれでいいのか……？　アニメオタクなんて今じゃあちこちにいるんだから隠れなきゃいけない趣味じゃないと思うんだけど、先生の反応は踏み絵を逃れようとするキリシタンみたいっていうか……。

「東雲和々花《しののめののか》一生の不覚……っ！　教え子にはバレないように生きてきたのに……っ」

まぁ、そもそもアニメグッズを教え子に受け取らせたのが間違いの始まりだと……と言いかけた瞬間、玄関側からのインターホンが鳴った。

「……へ！　あれれっ!?　誰!?」

「ピザじゃない？」

「わわわっ、い、いま出まーすっ！」

エントランスからのチャイムじゃないってことは同じマンション内で複数の注文があったんだろうな。注文が集中してちゃ逐一各部屋にお伺《うかが》いなんてしてられない。

「し、篠森くん……お会計って……？」

ピザを受け取ってきた先生が信じられないようなものを見る顔で俺を見た。ピザって先払いだからネット決済したんだけど説明がいるのか、これ？

「カード決済」

「く、クレジットカード……!?」

「デビットだっての」

名称的にはデビットカード。銀行口座と紐《ひも》付けて決済即時残高より引き落としが行われるカードだ。クレジットカードと同じように十六桁の番号が振り分けられ使用期限と名前が紐付けてあるからネット決済で使える便利な代物だ。

高校生になってから持つようにと言われて作った一枚が今のメインバンクになっている。

さすがにそのぐらいは社会人をやってれば知っていると思うんだけど……。

「なにそれ」

まさかのまさかだった。

「アナログか」

「あ、アナログじゃないもん……っ。パソコンだって操作できるんだから……」

そこで出てくる対抗馬がパソコンっていうのがすでにアナログなんだけどな……と思いながら俺はピザやポテトの箱を開けていく。この香りに煽《あお》られて滅茶苦茶に食べたくなるんだよな、ジャンクフードって。

「冷めるよ」

「そ、そうだった！」

ハッと気付いた先生はテーブルの上に残してあった特典ディスクをテレビのプレーヤーにセットしてから戻ってくる。

「これこれ、見たかったの……ふふっふー」

液晶に表示されるのは『プリピュア誕生！』というタイトル。その後、マンガ作品を描く現場が再生された。女性作者の手許《てもと》がアップに映し出され、何やら光る机の上で絵を描いている。

「机が光ってる……」

「これはトレス台。この作家さんはもともとアニメーターさんだからライトテーブルって説明したほうが正しいんだけどね。下絵を光で透かして新しい紙に清書していく作業なの」

要するに写し絵かな。雑なタッチで描かれたキャラクターをシャープペンで描き写すと、今度は万年筆のようなペンに黒のインクを付けてなぞり始めた。多分これってマンガ家が使う付けペンって物かな。作者の机の上にはいろんなカタチのペン先が散らばっていた。

「こっちがGペンで主に輪郭に使う。右側に転がっている細くて小さいのが丸ペン、これは顔の中身や髪の毛みたいな細かい線を描くのに便利なの」

描くパーツによってペン先を交換するのは初めて知ったから興味深く画面を見てしまう。紙とペンで絵が描かれる様子は初めて見るから新鮮だ。

「はぁ～相変わらずキレイなペンタッチだわ～」

ピザを一口噛《か》んで恍惚《こうこつ》の先生。いわく、付けペンで好みの線を引けるようになるにはかなりの練習が必要らしいとか。

作者の人は影の部分となる網点が印刷された半透明のシールを出してきてカッターナイフで必要な部分だけ切り出して貼り付ける。

「なるほど……」

「面白いでしょ。原稿が出来ていく行程」

机の上に拡げられた網点のシールは濃度ごとに複数枚用意されているようだ。網点の密度が薄いものから濃いもの、グラデーションや柄になっているもの。それらを上手に組み合わせてモノクロのイラストを完成させていく。

「すごいでしょ。生で見たときは凄《すご》いな～魔法だな～って思ったもの」

生でこの作業を？　そう聞くと先生は嬉《うれ》しそうに語ってくれる。

「うちの学生さん……あ、うちって大学の下宿なのね。私が小さい頃に出会ったマンガ家志望のお姉さん……勉強の合間に投稿作を描いているからいっつも遊びに行ってたの。そうするとお手伝いしてみる？　って構ってもらえて嬉しかったぁ～」

冬になると雪に閉ざされて気軽に遊べる場所がほとんど無いから、インドアの趣味を持つことが多くてね、と先生が話す。

「お姉さんが卒業するときにマンガの道具を置いてってくれたの。別れるのは寂しいけどマンガ家になればいつか会えるんだって頑張ってたなぁ〜」

「頑張って……描いてたの？」

「え、あ、うん、その当時……は、ね！　ね！」

顔面を真っ赤にして両手を振る。今はそんなことはしてませんよっ！　ってアピールか？

「今も好きなんだ、マンガ」

顔を真っ赤にしてピザを一口齧《かじ》る横顔。本当は好きなんだと突っ込んで聞いてみる。

「……そりゃ好きだけど」

「だったらいいじゃない」

「そうなのかなー！　そうなの、かも？」

「自分のこともう少し理解しなよ……」

マンガ制作を見ながらピザを齧って、疑問点が出てくるたびに聞いてみる。俺みたいなド素《しろ》人《うと》の些細な質問に答えてくれる先生はマンガが好きというかマンガに詳しいというか……こんなに気持ちを込められるのならマンガ家を目指さなかったのかと聞きたくなる。

「マンガ家になろうと思わなかったの？」

ふと口にした疑問に「え？」と聞き返す先生。その貌《かお》は必要以上に驚いている。小さな頃からマンガを見たり描いたりしてたのなら自然とそういう道に進むもんだと思うだろ？

「教師してるから不思議だなって」

「そりゃマンガ家は勿論《もちろん》……」

って言葉を途切れさせたのはケータイ電話のバイブレーターだった。

「あ……っ」

ブーッブーッとサイレントモードのガラケーがテーブルの上を震えながら移動していく。

「……出れば？」

ドットの液晶には『お父ちゃん』の文字が表示されてるし家族からの用事なんだろう。

「う、うう……タイミングが悪いなー……っ！」

覚悟を決めるような溜息《ためいき》をひとつ吐《つ》いて先生はガラケーを耳に当てる。

「もしもし？　お父ちゃん夜だよー……へ？　仕事？　安心しろちゃんとけっぱるって」

けっぱる……『頑張る』って意味の方言だったかな。北海道の方言だったはず。

「うん？　うーん……あっぺされたのはキツイよ。でも今は生徒らもめんこ思うし」

あっぺ？　めんこ……？　どういう意味だろ。先生の電話を横目にスマホをいじる。

「そんなこと言ってもマンガ家を辞めろって言ったのは父ちゃんだべ？」

……あれ？　今なんて言った？

「もうっ！　はんかくさいこと言わないでよー。私だってこの歳でごんぼ掘ったりしないから安心して。うん、うん、またこっちも美味しいの見つけたら送るべさ……うん、母ちゃんとけっぱれ。私もけっぱるからね？　うん、うん……おやすみ」

ピッと通話を切って大きな溜息。間の悪い電話は内容までタイミングが悪かったらしい。なんていうか「マンガ家を辞めろ」という家族の言葉にはビックリした。

「マンガ家だったんだ」

「そ、そうだけど……ぉ……」

学生の頃にマンガ家をしていて就活で教師を選んだのかな？　いや、違うな……。この人って二十八歳なのに教師は二年目だから新卒採用にしては年数が短かすぎるんだ。ということは割りと最近まではマンガ家だった……？

「どうして辞めたの」

「辞めろって言われたから……っ」

「え？　だからどうして」

「え、ええ……!?　さっきの聞いて無かったの……？」

分かってる。家族に辞めろって言われたから辞めたって会話は聞こえていた。だからこそ俺からすれば「何故？」なんだ。マンガ家なんて特殊な仕事をしていたのに家族なんかの言葉で辞めてしまえる理由が解らなかった。

「そりゃ私だってマンガで生きていたかったけど上手くいかなくて……それでお父ちゃんもお母ちゃんも私のこと思ってくれたからマンガ家辞めろって言ってくれたんだ……っ」

真剣に答える声は少し強い。何故か自分に言い聞かせてるみたいに聞こえる。

放った言葉通りマンガで食べていきたかったのならば、尚更どうして他人の言葉なんかで辞めてしまったか気になる。

だってそれっておかしいだろ？　自分の生き方は自分自身で決めることだろ。

「辞めろって言われたから辞めたの？　好きな仕事じゃなかったのか？」

素朴な疑問だった。言葉を濁すと誤解させてしまうから思ったことを素直に伝えた。

「い、今はっ、教師の仕事だって慣れてきたし……私がお堅い教職に就いていれば両親だって安心してくれるし、友だちだって公務員で良かったねって言ってくれるし……何も悪いことなんてないべさっ？　そうだよね!?」

どうして、そこまで、必死な言葉で『言い聞かせ』ているんだろう。

「両親や友だちが喜んでくれるからマンガ家を辞めたってこと？」

「あ、うう……厳しいこと言うのね。私も、私だって……この仕事は全然嫌いじゃないしっ、そりゃ確かに朝早いしっ夜は遅いし……雑用もお茶汲《く》みも大変だし人間関係もタスクもいっぱいでキツイけど不安定なマンガで生きていくより、全然……ぜんぜん……ッ！」

今の仕事を精一杯肯定しようとしているのにマンガ家の仕事をひとつも否定できない。

「ぜんぜん……ッ！」

今を肯定する材料として過去を否定できない先生に確信した。この人マンガ家を諦《あきら》めきれてない。

それでも生意気を言う子どもの俺に何か言い返してやりたい気持ちだけは伝わってくる。強い視線で睨《にら》み付けようとするのに、濡《ぬ》れた瞳はぶるぶると震えていた。

無言でピザを齧《かじ》って言葉の続きを考えている。俺が根負けするのを待っている？　困ったな、こちらは深い意味で言ってなかったのに。

「ぜん……っ、ぜ……っ」

この質問の答えは実に簡単なのに。過去を否定して今を肯定すればこんなくだらない押し問答なんてすぐに終わってしまうのに。

「……っ……ぅぅ！」

それなのに……何ひとつ言葉が出てこなかった。無言でピザを齧って、齧って、嚥下《えんか》する姿を見つめていても出てきたのは涙だけだと気付いたときには遅かった。

（……もしかしてやりすぎた？）

意地悪をするつもりも泣かせるつもりも無かった。単純に聞いてみたかったんだ。他人の言葉なんかで好きな仕事を辞められるのかって。

両親からの理不尽を受け入れた理由が知りたかっただけだ。泣くぐらいなら言い訳でも嘘《うそ》でもついて適当に切り抜ければよかったのに。

「う……ぐす……っ」

瞳を濡らす涙は表面張力ギリギリで、もうすぐこぼれ落ちるだろう。ここまで来て、大人げないのは自分のほうだったなんて罰が悪くなる。

(俺が泣かせたみたいだろ)

だけど俺も質問を撤回しなかった。この質問はシンプル故に聞きたかったんだ、手にした夢を手放すに至る理由が他人の言葉なのかって。

(泣かれちゃ聞けないって)

そんな泣き顔で黙り込まれちゃ俺が苛《いじ》めているみたいになるし、涙を見せてしまったせいで現状を肯定できないって察してしまう。

笑って否定も出来ないような強い憧《あこが》れを手放した本当の理由ってなんだろう？　他人の言葉なんかにそんな力があるんだろうか？

分からない。夢も希望も俺には無縁だったから……。

「好きに生きればいいのに」

「分かってるもん……生意気っ言わないでよぉ……っ」

しまった……フォローしたつもりだったんだけど火に油を注ぐ結果になってしまった。どうしようかな、これ以上は本当に泣かせてしまうかもしれない。

ピザを齧《かじ》りながら涙を堪《こら》えている姿が不貞腐《ふてくさ》れた妹とそっくりだ。

「ごめん帰るよ。ごちそうさま」

これ以上、俺が同じ空間にいたらせっかくのピザも不味《まず》くなってしまうだろう。こういうと

き、自分の性格的に上手なフォローも気の利いた言葉も出てこないと分かっている。

「……っうん。気を付けてね……ばいばいっ」

立ち上がって背を向ける瞬間に、涙が頬《ほお》を伝うのを見た。

どうしてそこまで？　と彼女の真意が分からないまま疑問を持ち帰ることになった。疑問を率直に尋ねてみただけだけど……俺の胸中はもやもやした気持ちで圧迫されていた。

自分なりの解釈であーだこーだと考えてみるけども、それは結論に至らない。

同じ立場になれないから理解不能なんだ。だけど、経験不足の自分から導き出される答えでは彼女の真相に触れられない。

第二章

五月二十三日 月曜日

洗濯機が脱水モードで回っている。天気こそ崩れないが蒸し暑い初夏の気候は毎日の洗濯を余儀なくさせる。

（逐一面倒くさいよな）

洗濯物なんて週末に纏《まと》めてするものだと思っていたから国産メーカーの縦型洗濯機を買ってもらったのだけど、こんなにこまめに洗濯をすると知っていれば親が勧めるままにドラム型洗濯乾燥機にすれば良かったと溜息《ためいき》をつく。

西日が差し込むベランダに干してもすぐに乾くわけも無く浴室乾燥機に頼るハメになるから洗濯中にシャワーを浴びないと翌日の起き抜けに慌てて風呂に入ることになってしまう。

若い継母《ままはは》さんとはいえ一人前の主婦なのだから言うことを聞くべきだったと脱水終わりの洗濯物を室内干ししてから浴室乾燥機のスイッチを押して、反省する。

（飯は買ってあるし夜までダラダラしよっと）

湿った手を振って乾かしながら部屋に戻ってくるとソファに座ってスマホを持つ。

一人の生活は悠々自適だと思うのは、俺が一般的な家庭環境を知らないからだろう。物心ついた頃には父子家庭だったからだ。

父親は仕事に忙しい人であまり家に寄りつかなかった。だから一人のほうが落ち着くという性格に育ってしまったんだけど……無口な父親がたまに帰ってきても妙に緊張して居心地が悪いものだから自分から積極的に話し掛けたりはしなかったんだよな。

だからかな……生活音がどこか遠い国の話のような静寂が酷《ひど》く心安まるんだ。

「あれ？」

そんなことを考えながらパズルゲームをしていたとき、液晶の上部から通知窓が降りてきてＳＭＳの着信を報《しら》せてきた。

相手の名前は携帯番号のままだから誰なのか分からない。連絡先に入っている人物じゃないからもしかして……と通知窓をタップしてメッセージを展開する。

「秋月《あきづき》だ」

クラスメイトの女の子。フルネームは秋月実弥花《みやか》。

天真爛漫《らんまん》を絵に描いたような明るく突き抜けた性格。長身でスリム、長く美しいツインテールの髪が印象的な女生徒だ。

街で遊べばファッション雑誌に声を掛けられて街角スナップを頼まれるらしいが学食では常に二人前を平らげるという大食らい。どう見ても今どきのギャルの風貌《ふうぼう》をした陽キャなのだが……重度なソシャゲオタクと本人談。

見るからに美少女で、陰キャな俺とは無縁の存在なんだけど掃除で一緒になったときにＳＮ

Sの話になって今回の連絡に繋《つな》がった。

「やっぱりSNSのアカウントか」

ネットで繋がることが大前提のご時世に俺はひとつのアカウントも持っていないという話をしたらビックリされた。いわく「人権ないよ!?」という。

（その程度で人権剝奪《はくだつ》されるとは……）

興味がないのと前の学校では禁止されていたからアカウントを持つことは無かったんだけど、今どきの高校生はオンでの出来事をオフでも話題にするとかなんとか。

リアルでの話題を拡げるためにもアンテナは常に張ったほうがゆくゆく自分の為になると丸め込まれて、そこまで言うのならアカウントＩＤを制作してよと言ったのが事の発端。

（返事はオッケー！　だったけど作るの早すぎないか……？）

どのサービスを使うかは決めてないんだけど、こういうアカウントＩＤって早い者勝ちだから何を入力しても先に取られているイメージで面倒くさいし。何よりもサービスごとにＩＤがバラつくのも面倒くさかったから誰も使ってないアカウントならいいよ……と。

そのような話を秋月にしたところ彼女は「任せな！」とサムズアップして去っていった。

（ふたつ返事で本当に作ってくるとは……）

アカウントにこだわるつもりは無いけれど自分で考えるといつまでも終わらなくて途中で諦《あきら》めたくなる。それなら知り合いが適当に選んでくれて、かつ汎用性《はんようせい》あるものなら愛着もほどほどに納得出来るかな？　と思いメッセージをスクロールダウンしていった。

《新着メッセージ》
アカウント決っ定――い！
これね↓『tesoro_sky429』↑さいつよ！
「宝と空」ってコトだから覚えやすいっしょ！

思った以上に使い勝手の良さそうな文字列だった。

ちなみに後ろの数字に関しては何も触れられていない。

「なんだろ……？」

誕生日でもなければ携帯番号の一部でもないし、この三桁の数字の意味はなんだろうと考えているとピロンッ♪　と通知音が鳴り、二通目のメッセージが飛んできて「数字の意味は明日のランチで！」と添えられていた。エスパーか……？

取り敢《あ》えずはランチの約束を取り付けられたこともあり、了承とお礼を一緒に送る。

「……あ」

送ろう、とした。十六年生きてきて友だちにメッセージを送り返すって経験が少なすぎて、素っ気ない返事か仰々しい返事になってしまう。

こういうときって自分というキャラクターをどんなふうに表現したらいいんだろう？

秋月《あきづき》のメッセージはこれぞ彼女！　という文面で送ってこられただけに陽キャのコミュニケーション能力に脱帽してしまう。

「うーん……取り急ぎ、ありがとう。大事に使います」

これでいい……？

同級生との親密な関係に不慣れすぎてメッセージのやり取りすら不器用を発揮してしまうなんて……つくづくこういう部分が父親に似ているんだろうなと思う。

（そうそう、そんな父親からも来てたんだっけ……）

秋月の一つ前には父さんから送られてきた『元気ですか？』の短い文面。実はこの連絡に返事をしていない。

実の息子に送る内容がたった六文字かよと呆れていたけど、同級生とのメッセージですら返し方が分からなかった自分を思い浮かべると父さんも俺に連絡をするなんてことが無かったから不器用なだけかもしれない。

昔気質で口下手で変なトコ神経質で無愛想な父さんに苛々《いらいら》することもあったけど今となれば自分と似ていたからこその同類嫌悪だったのかもしれないな……と物理的な距離をとると冷静に考えることができる。

（一人暮らししたいって言ったら『そうか』って許可してくれたし意外と柔軟だった）

今まで苦労させられた分、当然のことだと思っていた俺だったけど、たかが高校生のワガママに学費どころか生活費まで上乗せしてくれる父さんには頭が下がる思いだ。

俺の中でうだつの上がらない父親だった人は家族を支えられる金銭を稼いでいる立派な人物という認識になりつつあり、この短いメッセージにも返事をしたいという気持ちになる。

「……」

東京で自由な一人暮らしを許してくれた父と家族に大なり小なりの感謝の気持ちを言葉にしようと考えて、数日ぶりの返信を試みる。


『ありがとう。元気です』


これが手紙なら季節の挨拶《あいさつ》から始まるのだろうけど、さすがに堅苦しいもんな。話し口調で返すにしても妙に気取った言葉を使ってしまうと照れくさいし俺らしくない。

父親に似て素っ気ない文面だけど、今の俺にできることはこれが精一杯だからデリートしたくなる前に送信してしまおうとスマホをタップする。

「……よし」

秋月《あきづき》のメッセージをきっかけに不器用な便りを送ったことで胸に引っ掛かっていた返事という懸念が消える。

気付けば手汗を握っていて妙に緊張してしまったんだな、と笑ってしまう。

さてと、秋月から貰《もら》ったアカウントでＳＮＳを開通させてみるか。ネットで面白い話題があったらクラスメイトとの会話も盛り上がるかもしれないな、なんて今まで感じた事のないくすぐったい気持ちを抱えつつ俺の夜は更けていく――

＊

教室の窓から差し込む陽光に梅雨の気配も忘れそうな五月下旬。

朝の日射しを身体中に浴びながら四肢《しし》を伸ばしているとチャイムが鳴った。

「おはようございま～す。ホームルーム始めるよ～」

間延びした声の主はクラス担任の東雲《しののめ》先生だ。サックスブルーの半袖に白くてふわふわのロングスカートが涼しげで、私服出勤の教員が羨《うらや》ましくなる。

「五月も終わるので第一回進路調査のプリントを配りま～す」

「進路調査……？」

そうか、そんな時期なんだな。

前の席からプリントが回ってきたクラスメイトたちは各々の進路希望をどうしようかと考えたり書き込んだりしている。

その姿は皆それぞれに嬉《うれ》しそうだったり楽しそうに見えて、自分が抱く将来のイメージとはかけ離れているように見えた。

「プリントは週明けに回収だから悩んでる人はまだ焦らなくていいからね。行きたい進路が決まっている子も決まってない子も保護者さんと話し合うきっかけにしてみてください」

教室の中は進路の話で盛り上がっている。俺はどうなんだろう？　と考えてみる。

ここは東京だし高望みしなければ割りと自由が利きそうだけど進みたい分野どころか行きたい学校すら今では検討つかない。

昔の自分なら父親の気を惹《ひ》くために東京大学なんて書いていたのだろうけど……。

「…………」

何も思い浮かばない。本当の俺は何になりたかったんだろう。

進学したい大学も就きたい仕事も思いつかない。今まで考えることが無かったからだ。良い成績を取って良い大学に行けばいいって思ってたし疑わなかった。

あの頃の俺は父親が望む高学歴の息子を演じることに必死で、それを叶えることが親孝行だと思っていたけど……何も考えていなかったんだと痛感する。

郷に入っては郷に従う、適当に進学して適当に就職する。普通の人生なんて生まれた瞬間からレールが敷かれていて、特別何ができるって人間でも無い限り正しく教育されて社会へと出荷されるだけだって信じていた。

（でも今は選ぶことができるんだ）

今までの生活を捨てて今はこうして自分で選んだ高校に通っているし、この先だって俺が望めば好きな大学にも通わせてもらえるだろう。

自分が選ぶ未来は父親が望むような進路では無いかもしれない。でもそれでいいんだと信じられるようになった。俺は自分自身が胸を張れるような進路を進んでみたい。


そうなれば、どの方向に舵《かじ》を切る？


……息が詰まるほど考えて問えば問うほど答えが出ない。

蓄積された経験から導き出す答えが何ひとつなくて空っぽだと思い知る。人生なんてイージーモードで与えられたシナリオを攻略するだけのＲＰＧだと思い込んでいた。

だからこの進路調査の紙も望むままに書けばいいんだ。進学でも就職でも。もっとラフに考えろよとシャープペンシルで空欄をコツコツ叩《たた》いて考えるも駄目だった。何も無い。

（……俺には何も無い）

ざわめく教室の喧騒《けんそう》に馴染めなくて、ここにいる筈《はず》の俺は一人だった。こんな簡単な質問なのに、この空欄を埋めるための『嘘《うそ》』すら浮かばなかった。

嘘でもいいからやりたいことが浮かばなくて、無力感に苛《さいな》まれる。

（どうしよう……）

当たり前だと思っていた難関大学のカードすら俺の手札には無かった。

「はい。ホームルームは終わりよ～進路調査は週明けに必ず持ってきてくださいね～」

他に質問は無いかな？　と教室を見渡す視線と目が遇《あ》った。

透明感のある淡色の瞳から目が離せずにジーッと凝視してしまっていた。

「篠森《しのもり》くん……？」

首を振って「なんでもない」と教える。

「そっか。じゃあまた授業でね～」

チャイムと同時に去っていく東雲《しののめ》先生。俺はどうしたらよかったんだろう？

夢が無いなんて誰に話せばいいのだろう。悩む俺だけが置いてけぼりのままクラスメイトたちは次の話題で笑い合っていた。

＊

四時間目の授業が終わりチャイムが鳴ると教師の言葉もそこそこにカフェテリアに向かってダッシュしていく面々。廊下に出ると他クラスからも急ぎ足に向かう生徒が多かった。

（今日のランチダッシュはやけに多くないか？）

学校に隣接したカフェテリアは外部の人間も使うことができるので箱が大きい分、よっぽどで無い限り昼食にあぶれるなんてことはない、筈《はず》だが……今日は一段と人が多い。

なんていうか三割増しで多い気がするんだけど……。

（秋月《あきづき》なら先に行ってるだろうから座席を確保してくれたらいいんだけど）

並木道を抜けてカフェテリアの入り口が見えると、学生服に混じってスーツ姿のサラリーマンやＯＬ、子連れの主婦グループなどが券売機の列に並んでいる。

（なんだこの行列……!?）

まさかこの人数がランチを？　サラリーマンやＯＬはちらほら見掛けていたけど主婦グループや動画配信者のような風貌《ふうぼう》の人間もいる。どこかのメディアに露出したんだろうか？

いつもと違う雰囲気の券売機への列は進みが悪い。そのせいで周囲を見回してみるも、何故か並んでいる生徒たちもソワソワと先頭を覗《のぞ》き込んでいた。

何かあるのか？　疑問を頭に浮かべると前方から元気な女子の声が聞こえた。

「らっしゃー！　海鮮丼ゲットォォォ――!!」

えっ!?　人混みがザワッとした。今、なんて言った……海鮮丼？

高笑いしながら食券を持っていく女子の声はやがて去っていき、今度は男子の声が「ヤキソバやないかァァ――！」と続いた。

おいおい、そんなメニューあったか……？

券売機から聞こえてくるのはソースカツ丼やビーフドリアなど様々なメニュー。通常時は日替わりランチやラーメン、うどんや定食が主なのだが……？

とにかく人混みで前方が確認出来ず、思わず隣に並んでいた黒縁眼鏡のサラリーマンに今日は何かあるのですか？　と質問を投げかけた。

「おや。君は初めてかい？　今日は初春《ういはる》高校名物『飯ガチャ』なんだ。一食千円で豪華メニューが三十食。その他メニューがピンキリだから大人げなくはしゃいでしまってね」

なんて気恥ずかしそうに頰《ほお》を掻《か》いた中年男性も手には千円札を握っていたから飯ガチャに挑戦するみたいだ。

一般が一食千円ということは学生証のバーコードで半額になる俺たちは実質五百円で豪華メニューを引き当てるガチャに挑戦できるってことらしい。

（特賞もあるし期待してもいいのかな）

ワクワクしてくる。運を天に任せた飯ガチャには特賞限定豪華メニューという超当たりランチがあり、それは一食しか用意されていないらしい。

ある意味レア確定ガチャの中にスーパーレアが入っていることになる。

（特別食べたい物もないしチャンスがあればやってみるか）

俺の並ぶ列は電子決済が続いたことであと三人で順番が来そうだ。進んだ列の隣を見るとお財布を握りしめた東雲《しののめ》先生が真剣な表情で券売機を見つめていた。

「先生も飯ガチャ？」

突然話し掛けた俺に気付いてヒャッと声を出す。完全に気付いてなかったのか妙に可愛い声でビックリされた。

先生の並ぶ列と俺の列は前に進み、券売機の前に立ったとき食堂ガチャのカウントは残り僅《わず》かになっていた。

「篠森《しのもり》くんも……飯ガチャかな？」

「そうだけど」

キッと強い眼差しがこちらを見る。東雲先生は俺の目を見ながら千円札を持った手で液晶パネルに指を差し出した。両並びの券売機に立つ俺は学生証を持ったままその様子を眺めていた。

「……今日の特賞まだ出てないの」

「そうみたいだね」

特賞の豪華メニューは『豪華ひつまぶし膳』らしい。まさか、引く気なのか……この人？

残り僅かという表示ではあと何食残っているのかまったく分からないのに。

「行くわよ……！」

握りしめた千円札を券売機に呑み込ませる東雲和々花《ののか》。職員って割引ないんだ……なんて思いつつ券売機に決済用のＩＣカードと学生証のバーコードをかざす俺。

タッチパネルの左上に輝く『食堂ガチャ』のボタンを押すと画面の中央に大きなボタンが表

示される。どうやらこれにタッチしてルーレットを回すみたいだけど……。

「引くぞ……うなぎっ！」

「頑張れ」

「篠森《しのもり》くんには負けないわよっ！」

隣に立っただけで一方的にライバル視されたけど俺の欲望センサーは反応していなかった。飯ガチャっていうシステムがソシャゲのガチャみたいだから面白そうってだけで何が当たっても腹が満たされるから問題ない。

「せっかくだし一緒に押しましょ！　行くぞォ……さん、にぃ……いち……っ！」

先生の宣戦布告を聞いて盛り上がる周囲。うーん……煽《あお》られたからには乗らずにはいられないの……かな。

液晶に表示された大きなボタン。先生と同じタイミングでタッチすると『パインッ！』と大きな電子音が鳴った。いつもは普通の券売機なのに、こんな演出が登録されていたんだ。

「おおお……っ！」

ざわざわっ！　俺たちの勝負？　に周囲が賑《にぎ》わう。

ルーレットを模したゲームが始まって針と玉がグルグルと回りだす。先生の針はゆっくり低速になり、玉もポポポポ……♪　と速度を落としていく。

こういう演出って息を呑んで見てしまうのは仕方ないよな……と、俺は先生の画面を見た。

「クッ……ハンバーグとエビフライッ！」

特賞は逃したけど大勝利ねっ！　と言わんばかりのドヤ顔でピースサインを決める。そんな顔をされても端《はな》っから俺は勝負に乗ったつもりは無いんだけど。

「篠森くんは何になるかな……鍋焼きうどんかな！」

「さあ……食べられるならなんでもいい」

こちらのルーレットもポポポポポ……♪　と低速になってきたから結果が出るのは早そうだ。今にも停止しそうな玉は特賞のマークから離れているし下位賞か……と思った瞬間。

ギュォォオオオ――――ン！

ギュンギュンギュンギュン……！

覗《のぞ》き込んできたサラリーマンが実況する。

「再回転っ!?」

「見ろ！　色が変わったぞ!?」

ルーレットの青い玉は緑から黄色へと変色して、やがて赤になり金色になる。……ガチャってだいたいこのカラーリングだよな……なんて見ていたら今度は分裂したレインボーの玉がルーレットを囲む輪になって点滅する。……誰だこのシステム作ったの。

そして液晶に大型のボタンが表示されて真ん中には『押せ』と筆文字で表示される。

「激アツだアァァー！」

言葉どおり激アツ演出なんだけど、このボタン……押さないと駄目？　まぁいいけど……。

ど真ん中に表示されたボタンにタッチするとスピーカーからド派手なファンファーレが鳴り響き一斉に周囲がざわめいた。

バインバインバイーン！　キュキュキュキュキュキュキュキュキュキュー────ン！

なんだろこれ……めちゃくちゃ恥ずかしい……。

液晶に表示されたのは『特賞！　豪華ひつまぶし膳』の文字と写真。そして受け取りカウンターの方向からもガランガランとベルを鳴らす音に続いて「ひつまぶし膳出ましたー！」と立て続けにコールが入った。

「なんだこれ……」

「す、すごいっ！　ひつまぶしだよ篠森《しのもり》くん！」

「はぁ……え、うん……？」

券売機から出てきた引き換え用のレシートを手にすると、周囲の人々が拍手喝采《かっさい》してくれるのだが……やめてくれ本当に恥ずかしいから！

当選現場を見ていた先生と一緒のタイミングで列を抜けることになった俺は受け取りのカウンターへ向かうも、当選したという事実に興奮した彼女に「まさか当てるなんて！」と称賛されまくっていた。

……そうか、この人の狙いはコレだったもんな。

「食べる？」

引き換えレシートを差し出す。

「え！　で、でも篠森くんが当てたメニューだし……」

「なんか仰々しくて……気分じゃ無いっていうか」

「そうなの？」

遠慮しつつ俺の食券を見つめる東雲《しののめ》先生の目はカツオ節を目の前にした猫みたいだ。それに、この特賞大当たりのメニューを受け取って席を探すなんて羞恥プレイはさせられたくない。

「どうする？」

「うあ!?　あ、あ～……っ！　つ、謹んで拝受しますっ！」

手刀で宙を二回切ってから両手で受け取る先生。なんの儀式だ……？

「あのっ、これっ、お口に合えばですが……っ！」

そう言って両手で差し出すハンバーグとエビフライのレシート。そりゃこっちだって空腹なんだから普通に受け取る。

見事にトレードを果たした先生はスキップ混じりに受け取りカウンターへと向かう。

「ひっつまっぶしっ♪　ひっつまっぶしっ♪　いぇい！」

俺のメニューは食券を差し出すと、熱々の鉄板に乗せられた状態で受け取れた。

ひつまぶし膳の先生はというと……あ、ちょっと時間が掛かるみたいだな。ひつまぶし膳だもんな。

取り敢《あ》えずは食事も受け取ったし、当初の目的である秋月《あきづき》を探してみるか。

「さて……」

だだっ広いカフェテリアはフードコートのように好きな席に座っていく。だけど混雑を緩和するために早く到着した生徒は奥から埋めていくという暗黙のルールがある。

早飯大食らいの秋月なら多分奥のほうにいるんだろうとトレイを持ったまま探し歩く。秋月という女子は見た目も華やかな少女だからか視認できる距離にいれば一発で分かる。

「あ、いた」

奥のテーブルで特徴的なツインテールがミョンミョンと揺れていた。個性派高校生の中でもかなり奇抜な個性派だから見間違えることもない。

「お待たせ秋月」

「うーっス鷹空《たから》ン」

秋月の正面の席にはいつも一緒にいる白河菜穂子《しらかわなほこ》さんがハンバーグとエビフライを食べていた。偶然にも俺と同じメニューらしい。

「篠森《しのもり》くんこんにちは。あっ、メニュー一緒ですね」

「うん。白河さんも飯ガチャなんだね」

「はいっ！　大当たりですっ」

「好物なの？　良かったね」

白河さんは俺の前の席の女の子で、何度か話したことがあるからか自然と話せる。そして俺を呼び出した肝心の秋月はというと……。

「うまま！　うまま！」

海鮮丼を豪快に掻《か》っ込んでいる。吸い物に赤だしがセットになった本格的な海鮮丼は見た目も華やかで美味しそう。

「あげないよっ！」

まだ何も言ってないだろ……どんだけ食い意地が張ってんだ秋月の奴。いかに海鮮丼が美《う》味《ま》そうに見えても食べかけを横取りするほど意地汚くはない。

それにこっちだって海鮮丼に勝るとも劣らないデミグラスソースのハンバーグにエビフライだ。半熟のゆで玉子をフォークで潰《つぶ》して混ぜるタルタルソース付きだぞ。

ジュワジュワに焼けたハンバーグの表面には溢《あふ》れんばかりの肉汁が滲《にじ》んでいて香り立つ湯気だけでお腹がギュルルと鳴る。冷めないうちに早く食べないと。

「ここいい？」

「あいよ」

それだけ返事して海鮮丼を掻っ込む秋月のテーブルに座ると白河さんは「実弥花《みやか》ちゃんがごめんね」と苦笑した。俺と白河さんは同じメニューだから味の感想を聞いてみると「すっごく美味しい」と返ってきたので期待してナイフとフォークを握る。

「あれ？」

ふと、白河《しらかわ》さんが声を出した。人混みの中に見知った人物を見つけたようで手を振っている。クラスメイトかな？　俺たちがいる四人掛けのテーブルも三人で使うよりは四人で使用したほうが無駄が無いよな、と食事中のトレイを寄せる。

「おお～白河さんやっほり～ん♪」

めちゃくちゃご機嫌な声が聞こえてきた。

「ありゃ!?　秋月《あきづき》さんと篠森《しのもり》くんも！」

声色だけで分かるんだよな。それに、香ばしい蒲焼きの匂いが漂ってきて振り返ることもなく背後の人物が東雲《しののめ》先生だと俺は気付いた。

「ののセン！　それっ！　豪華ひつまぶし膳！」

「先生すごいですっ！　一等賞ですっ！」

白河さんと秋月が手に持ったトレイを見て興奮する姿に気を良くした先生は俺たちのテーブルへと回り込んでくる。

「うふっふ～♪　匂いだけでもどぞ～」

「匂いだけかよ……」

俺の向かいに座った先生は豪華な漆塗《うるしぬ》りのお盆をうやうやしく置いた。

お櫃《ひつ》の中にはみっちりと蒲焼きが敷き詰められ、出汁の入った急須と香の物が三点……さらに肝吸いまでついていた。譲ってていで言うのもなんだけど結構羨《うらや》ましいラインナップ。丁寧に焼き上げた鰻の皮目とタレが絡み合った香りが食欲をそそる。

「ののセ～ン……ふひひっ！」

「あ、あ、あげません……っ！」

「ちょっとだけ～先っぽだけだからァ～」

「ひ、ひぃン！　秋月さんだめぇぇ～！」

箸《はし》を伸ばす秋月とプルプルしながらお櫃を庇《かば》う先生。見ていて楽しそうなコントだが、秋月の大食らいを考えると本当に取って食うんじゃないかと不安になる。

「実弥花《みやか》ちゃん。ハウス」

「わんっ！」

可愛らしい笑顔のままで制した白河さんの言葉に海鮮丼に向き直る秋月。意外にも力関係が存在するらしい……。

白河さんが豪華なランチも冷めると残念だから改めて食べることに集中しましょうとこの場を調えてくれたこともあり、やっと落ち着いて食事ができそうだ。

いつもはぼっち飯だから礼儀作法は気にしていないが、女子や教師がいる手前、ちゃんと両手を合わせて「頂きます」と声に出した。

「いっただっきまぁーすっ！」

俺に続いて東雲《しののめ》先生もご機嫌に唱和する。先に食べている二人は「おあがり」と返してくると各々飯ガチャメニューに手をつけた。

「ひぃぃぃ〜！　なまら美味《うま》いぃぃ〜！」

思わず飛び出た方言。言った本人もハッとしつつもう一口頬張《ほおば》る。

「うままっ！　うななっ！　美味いぃぃぃぃ〜〜！」

口に出さないと死んでしまうのかと聞きたくなる程度に称賛する東雲和々花《ののか》二十八歳。

この食堂ガチャは近隣のレストランが協力して開催している祭りらしく、きちんとした洋食レストランの味がリーズナブルに食べられることで下位賞も人気らしい。

一心不乱に海鮮丼を頬張る秋月実弥花《あきづきみやか》。

エビフライを一口サイズに口に運ぶ白河菜穂子《しらかわなほこ》さん。そして……。

「美味い美味い！　なまら美味いぃぃ〜！」

高校生のグループの中で何故か一層幼く見える東雲和々花。

（二十八歳なのに……）

美味いのは分かったから大人しく食え。そうじゃないとこの騒動は『飯ガチャうまうま事件』として俺の歴史に刻まれてしまうぞ。まったく……。

「そーいやののセン。顧問してたっけ?」

海鮮丼を食らい尽くした秋月《あきづき》が食べ終わった丼を置いて、もともと持っていたベーカリーの袋を開けながらふと思い出したかのように尋ねた。

「顧問? まだやってないけど……どうしたの?」

東雲《しののめ》先生がひつまぶしに出汁を掛けながら聞き返し、隣にいる白河《しらかわ》さんが手を止めた。

「ひゃ、ひゃー……実弥花《みやか》ちゃん……唐突すぎるよぉ……」

「菜穂子《なほこ》が切り出さないからっしょ」

顧問? 部活動の話かな。

「ののセン、コミックアート部においでよー」

……話を聞くに白河さんが二年生ながら部長を務めるコミックアートという部がピンチらしい。部員のほとんどが今年の卒業生だったのと前顧問の転任で危機だとか。

最低部員数は仮入部をカウントすることでどうにか回避できたがいまだ顧問が就かず、このままでは部員数は足りているのに満足な活動ができないとかなんとか……。

「う、うーん……顧問になれるかどうかは分からないかな」

「あーんっ! 頼むよノノえもん~!」

泣きつく秋月とシュンとする白河さん。そりゃ東雲先生だって顧問の仕事まで増えたら……大変だろうし無理強いはできない。

（そもそもコミックアート部ってなんなんだ？）

コミックのアートだからマンガの……絵？　マンガを描く部活なんだろうか？

頭の中に疑問を飛ばしていると秋月が紙パックのジュースをずいっと差し出した。

「これでなんとか……」

ピンク色のイチゴ牛乳だ。

「教師を買収しちゃ駄目っ」

「買収じゃ無いですぅー交渉ですぅーっ！」

ストローを勢いよく挿してヂュウゥウゥウ――――！　と飲み出す秋月。

「ぷはァ！　うめェ！」

差し出した賄賂《わいろ》を飲み干したタイミングで先生は「ごちそうさま」と手を合わせた。

「ふうっお腹い～っぱいっ」

秋月は必死にモーションを掛けたつもりだったが、大人の東雲先生にはぐらかされてしまった。

先生はさてと、と席を立ち「後はごゆっくり」と爽《さわ》やかに立ち去っていく。まさに飛ぶ鳥跡を濁さず……適切なタイミングで去る姿に大人を感じた。

「はぁー……駄目かなぁ……」

隣から重いため息。白河さんはしょんぼりと俯《うつむ》いていた。

「菜穂子《なほこ》……」

「うん。大丈夫だよ実弥花《みやか》ちゃん」

「ランチ残すなら食べてあげるよ……っ！」

「あはは……どうぞ」


秋月《あきづき》の胃袋恐るべし……。


その後、ＳＮＳのアカウントを作ってくれた秋月に数字の意味を聞いてみた。

「あ〜あれはベル打ちっていう古《いにしえ》の暗号通信なのさ」

暗号通信？　いつの時代の話なんだろう……？　簡単なものだったがアナログの香りがプンプン漂ってくる。

取り敢《あ》えずは昨日のお礼を伝え、ついでだとＳＮＳの運用方法を聞いてみる。

「知り合い連中からフォローして枝葉を伸ばすのさ」

なるほど。まずは秋月をフォローして、そこから白河《しらかわ》さんをフォローしてみるとメディア欄にアップロードされたイラストを見て驚いた。

ゲームやマンガに使用されていそうな美しいイラストがたくさんある。

「これ白河さんが？」

「はいっ、まだまだ素人《しろうと》の真似事ですが……」

透明水彩の滲《にじ》みが独創的な水彩画は夢のように繊細な色使いなのにデジタルで描かれたものだと聞いてさらにビックリした。どうにも学校で配布されているタブレットに描画アプリを入れて描いているらしい。

「アタイも菜穂子に習ってお絵描き練習中なんだよね〜」

「秋月も絵心があるんだ？」

「ないないっそんなものっ！　菜穂子いわく興味がすべてっ！」

そうか。今まで棒人間すら描いてこなかった人間としてはイラストやマンガを描ける人っていうのが自分から見ても遠い存在で感心ばかりする。

女子二人は「興味があったら是非コミックアート部に！」とちゃっかり俺まで勧誘してくるものだから少し困った。

でも、絵やマンガを描く部活だったら東雲《しののめ》先生にいいんじゃないかな……って思う。

（でもあの人デジタルに疎《うと》そうだよな……）

そんな言葉を胸の中に秘めつつ、昼休みのチャイムが鳴るまで三人で他愛も無い話で盛り上がっていた。

「ベル打ちっていってもファースト世代とセカンド世代があって、前者は数字だけの羅列からあらゆる情報や感情を手に入れていたとか……」

秋月《あきづき》が楽しそうに話すと白河《しらかわ》さんがフォローを入れ、俺はどこまでを信じていいのやらと呆れつつ新しい話題に楽しいと感じてしまう。

この学校に来るまでは成績を競い合う敵でしかなかった同級生が今や男女問わず友だちのように接してくれるから、友情みたいなものを尊く感じたりできる気がしてくる。

こんな俺でも変わることができるんだという自信に、考え方をひとつ変えるだけで未来の展開が明るくなるんじゃないかって思えてくる。


なんだかそれって、少し……面はゆい。

*

金曜日の授業を終えて帰ってきた俺はフラフラとベッドに倒れ込んでいた。

「ぐぅ……ぐぅ……」

昨日配信されたアクションゲームの体験版が面白くて、一睡もすることなくやりこんでしまって寝るタイミングを逃したのだ。どうにか部屋着にだけ着替えて眠る俺は爆睡の後、惰眠の微睡《まどろ》みから抜け出せずにいた。

……ドン……ドンッ……！


なんだ？　ドアを叩《たた》く音がする。どこの家だ。

その音は遠く、不確かな物なのだが次いで聞こえてきた音に目を醒《さ》ます。


……ガチャ……ガチャガチャ……ドンッ……ドンッ……！


「ん……んー？　なんだ……」

ゆっくりと体を持ち上げ、玄関の方向を睨《にら》む。

こんな真っ暗な部屋で凝視しようが見える筈《はず》も無く、手探りでスマホを見つけてからタップして時計を見た。

「〇時四十八分……？」

時間的には午前様……だから配達、ってことはなさそうだ。

「誰だよ……家でも間違えてんのか……？」

大きなあくびを噛《か》み殺し、寝起きの体を伸ばしてからシーリングライトのリモコンを探す。

施錠はきっちりしているものの、こんな時間に物騒な音が聞こえてくると怖くなる。オートロックだからと安心していた。

ドン……ッ……ガチャガチャ……ドンドン……ッ！

まただ……っ！

空き巣か強盗か……？　遭遇する前に警察を呼んだほうがいいのか……？　寝起きの思考を整えつつ、この物音が確実に玄関から聞こえてくると確認する。

（泥棒だったとして音を立てるのか……？）

ふと疑問がよぎり耳を澄ませる。今もドアノブを回そうとする音が聞こえてくるも、外の不審者は一向に動作を辞めようとしない。

ここまで鳴らして出てこないのならピッキングなり諦《あきら》めるなりするものじゃないか？　もしかしてドアを叩《たた》いて鍵を差し込めば開くと信じているのか？　まさかな……。

（いや、そのまさか……があったたな）

以前にもこうして侵入しようとする輩《やから》がいたもんな。同じ事が起こって堪《たま》るかって思いはあるけど嫌な予感ってのは当たるものだったりする。

予想通りであれば泥棒よりはマシだけど念のために足音を消して玄関へ向かった。

ガチャガチャッ！　ドンドンドン……ガチャヤチャ！

ドン……ドンドンドンドン……ッ……コンコンッ！

控えめなノックに切り替えても開かないドアは開かないと思うんだけど、その姿を確認するまではこっちだってドキドキするんだ。

深夜だからか控えめにドアを叩いていた音も、反応が無いことに苛立《いらだ》ってきたのか次第にエスカレートする。俺もそろそろ様子見していないでドアスコープを覗《のぞ》こうとする。

『うあー！　じょっぴん掛かさってる～あかないぃぃぃ～おしっこっもれる……っ！』

……まさかだった。

舌っ足らずな先生の声が尿意の限界を訴えていた。正直、嘘《うそ》だろ？　と思っている。

一度ならず二度までも帰宅する家を間違うなんてことがあるのか？　酔っ払いの帰巣本能って結構ザルなのな、なんて思いながらチェーンロックを外して鍵を開けた。

「おぉぉ……っ！　も……っらめらぁ……っ！　ここでもらすしかないにょぉぉ……」

おい待て！　と焦ってドアを開ける。

「他人ン家の前で漏らすな……って」

「うわ～ん！　開いたぁぁ～！　おしっこぉぉ～～！　うひぃぃ～ん！」

ドアを開けた瞬間になだれ込んできたのは限界尿意の女性教師こと東雲和々花《しののめののか》。二十八歳の酔いどれ女性は迷うことなくトイレに駆け込んでいった。

「ちっこちっこちっこぉぉ～ふえ～ん！　ここでもらしてたまるかぁぁ～！」

なんだろうこの人。俺が小学生のときでももう少し落ち着いていたぞ……と、さすがに頭を抱えてしまう。

（駄目な大人すぎて……！）

取り敢《あ》えず、早くお帰り頂きたいが防犯の為に施錠してリビングへと戻る。

暫《しばら》くすれば水洗の音が聞こえてきて、ぽやんとした東雲《しののめ》先生が不思議そうな顔をして出てきた。そりゃ不思議だろうよ、ここは俺の家だ。

「ここどこー？」

「五〇三号室」

「あははっ！　ここは六〇三号室でしゅよー」

「そーですか」

一度ならず二度までも家を間違えるなんて帰巣本能バグってんのか。まだ意識があるうちにとっととご帰宅願いたく塩対応で攻略する。

「ぽへ〜ぇ」

ノースリーブのブラウスから下着の紐《ひも》がずり落ちてるし、どこかで引っ掛けたのか肌色のストッキングは伝線している。

酒気帯びの顔は真っ赤で瞳はとろ〜んと蕩《とろ》けているのに口許《くちもと》はヘラヘラ笑ってる。

「はれ？　しろもりきゅん？　どーしてここにいるんれすかっ？」

「俺の家だからだよってか酒臭……っ！　どんだけ呑んできたんだ……」

アルコール臭っていうのかな、独特の刺激臭がふわんふわんと漂っている。

「なまちゅーとサングリア、ロゼ……とぉ、にほんしゅとおみそしるっ！」

先生は何を飲んだのか指折り数えてニマニマと両手の指で七を示した。

味噌汁はノーカンとして四杯……？　いや、俺に示した指は七杯と言いたげだからそれなりに飲んでいそうだ。

「あとねースパークリングぽんちゅとぉ〜ミックスサワーにぃ〜……ひれざけ！」

「……アンタいい歳なんだから飲み方考えなよ」

「にゃははは〜！　おこられちった〜こりゃまたしつれー！」

あー、上機嫌に酔ってる。立ち話ができる間に帰ってもらわないと座り込んだら厄介だ。

「取り敢えず俺の家なんで帰ってください」

「まあまあ〜せまいトコだけどくつろいでってにょ〜ほれ、座布団だすにょ〜」

「出さなくていい。ったく……連れて帰るしかないのか？」

このまま門前払いしても違う家に突撃して迷惑を掛ける可能性がありそうだ。そのときは通報されても文句は言えないだろうし……面倒くさいけど送り届けてやるのが安全だ。

「歩ける？　家まで送ってくよ」

「ひゃ〜！　わらしの家しってるんれしゅか!?」

この人、帰宅途中で頭打ったりしてないだろうな……。取り敢えずは肩を貸して蹌踉《よろ》めく身体を支えながら二人して家を出る。

「ちょっとぉーどこつれていく気れしゅか～？　くふふっ駄目れすよ～ひゃはは！」

「アンタの家だっての……意識があると、これはこれで面倒くさい人だな……」

フラフラしてるしベルト付きの靴も爪先《つまさき》でプラプラしてるし。取り敢《あ》えずはスリッパのように引っ掛けた状態で連れていくか……。

「あひゃひゃっこのエレベーターうちとおなじらぁ～」

「そうですね同じですね」

ここまで泥酔されると介助と見なして法で定められた料金を徴収したくなるな。

「ひゃはは～このエレベータぁチンってチンっていまどきぃ～くふふっ！」

ベル一つで大爆笑できるこの人の面倒をみるのは介助というよりも介護だろ、ここまでくると。一つ上の階に移動しただけなのにどっと疲れてしまっている。

この人を送り届けたら猛ダッシュで帰ろう。いや、階下のコンビニに寄ってアイスを三つ買おう。そのぐらいの贅沢《ぜいたく》は許されたいぐらいの気疲れなんだこっちは。

「はれ～？　ここ、しのもりくんのおうちれしょ～？　わらひ知ってるんらからね～」

「アンタの部屋だって……」

「せいか～い！　ここはののセンせんせーのおうちだったりします～」

「分かったから鍵出して」

へべれけ酔いどれ教師に鍵を出すように伝えたが小さなショルダーバッグからすでにはみ出していた。沖縄土産なのかシーサーのキーホルダーがぶら下がっている。

「ほら、そこ、出てるだろ」

「か〜ぎかぎ〜じょっぴんぴ〜ん〜はれ〜鍵穴がありましぇんよ〜」

駄目だ、俺が開けるしかない。持ち主の鍵を受け入れたドアは素直にロックを外す。

「た〜らいま〜おうち〜おふとん〜ヒューあいしてるよぉ〜イエーイ」

「うるさいってば……」

オートセンサーで明るくなった廊下をヨロヨロ歩いて右にドン、反動がついて左にドン。

「へべれけれけれけ〜ちどりゅ〜ろろろ」

この人、俺が引っ越してくる前から毎週末こんな状態で帰宅していたのか？　もしかして俺の部屋が空き室だったのって週末の夜に謎《なぞ》の酔っ払い女がガチャガチャドンドンしてくる治安の悪さからだったんじゃ無いだろうな……。

だとしたら前の住人……お疲れ様だとしか云《い》えない。

「しろもりく〜ん！　あがってあがって〜一緒に呑もうよぉ〜」

リビングに到着した先生は白い照明の下で手招きする。いやいや、帰るし。

上機嫌に笑う表情はだらしなく、羽織ったカーディガンが肩からずれ落ちて下着の肩紐《ひも》が二本見えている。

フレアスカートの足下も雑に座るから太ももが丸見えになってるし、ストッキングが伝線したままの脹《ふく》ら脛《はぎ》や足首とか……目のやり場に困るんだけどなこれ。

「帰らせて」

「ちょっとだけぇ～！　ちょっとらけらから～座ってってよぉ～～ちょっとらけっ！　先っちょだけ座っててってよぉ～！」

座った姿勢から四つん這《ば》いになってこちらに歩み寄ろうとする先生。薄い体とインナーの隙《すき》間《ま》から下着が見えてしまって、妙な気持ちよりも先に呆れてくる。

「はー……っ！　面倒くさ……」

このまま大人しくなるまで介抱したほうがいいのかな、ここまで連れてきた俺も息が上がっているから水の一杯ぐらい貰《もら》っても文句は言われないと思う。

思えば魔が差したのかもしれない。やけにしつこい先生を置いて帰るのがはばかられるっていうか……整理しがたい気持ちを抱きつつお邪魔しますと部屋にあがった。

「れーぞーこのジュースあるから出してきてぇ～！　かんぱいしよーよぉ～」

大人になってもジュースが用意してあるんだ。女性は甘い物が好きとは聞くけど……。一人暮らしにはやや大きめの冷蔵庫をガパッと開くと棚の一部が色とりどりのドリンク缶で埋め尽くされていた。

なるほど。やっぱり女性は甘い物が好きって云《い》うのがよく分かる。冷えたドリンク缶を見ると俺も一口だけ欲しいいし、半分こすればいいかな？

「えーと……ストロングピーチぎゅぎゅっと凝縮百パーセント。カロリーオフ」

桃味か。パッケージを見るに炭酸飲料みたいだし……って、やけに長い商品名だな。

「糖質オフ！　飲み応えバッチリ9パーセント……って酒だろこれ」

危ない危ない……うっかりしていると高校教師の目の前で飲酒を決めてしまう。勿論《もちろん》、俺は未成年だからアルコールはお断りしたいしクラス担任の目の前で飲酒して転入早々の停学処分は勘弁願いたい。

他には無いのかと様々なドリンク缶を手に取っていく。

「ドロッと濃縮ピーチゼリー6パーセント……粒々クラッシュ桃パンチ3パーセント……」

出てくるドリンク全てにアルコール度数が表示されていて途方に暮れる。

ってか桃味のアルコールってこんなにいっぱいあるのかよ……勘弁してくれよ。

「お？　これは……ナタデモモ・ノンアルコール……これだっ！」

軒並みアルコールの冷蔵庫から偶然にもノンアルコール飲料を見つけた！　多分どころかほぼ百パーセント気付かずに買ってしまったんだろうな、この人。

食器カゴからグラスを取りだし氷を二つ入れてジュースを注ぐ。

「飲んだら帰るよ」

グラスを先生に渡して缶のほうに口を付ける。

小さく刻まれたプルプルのナタデココとゴロゴロの桃の果肉が口の中いっぱいに広がってなかなかに美味しい。ノンアルコールカクテル飲料というジュースらしい。

「ごっごっ……ぷはぁ～ぁぁああ～！　この一杯のために生きてりゅんだなー！」

一気飲みする先生を横目に同じドリンクを飲んでいく。

ご機嫌なところ悪いけど、それノンアルコールなんだ。なんて言ってやりたくなる。

「ごくごく……っ」

同じジュースを飲み干す俺の姿を見て目を丸くした東雲《しののめ》先生はクフフッと笑ってふらりと立ち上がる。

「おか～わりぃ～！」

「え⁉」

こら、駄目だって。他のは酒だろーが……っ！

彼女は乱れた服装のままフラフラと冷蔵庫の前まで来てドアを勢いよく開いた。

素朴なマニキュアが施された指先でストロング缶を取り出してプシッ！　とプルタブを起こすと、その場でご機嫌に飲んでいく。

「ごっごっごっ……うい～ひっっく！」

休日前だからって酒浸りかよ……単純に呑むことが好きなのかもしれないけど。普通に楽しい酒ならいいんだけど、ここまで泥酔されると良いのか悪いのか……理解できない。

「ぷはー……ぁぁぁああー！」

「うるさいってば」

呑んで気持ちいいのは認めるけど流石《さすが》に深夜も回った時間に騒がれると近所迷惑だ。まぁ、俺もジュースを頂いたってことで……そろそろ帰るか。

「飲みたくも……なるわよ……っぉ！」

声色が変わった。一瞬にして反転した雰囲気に呑み込まれた。ついさっきまでのご機嫌が嘘《うそ》のように黙々とストロング缶の酒を飲みはじめる。

「あたしだって、飲みたくも……なるのよ……っ」

あー困ったな。絡み酒……ってやつか？　この状況で帰ると告げると面倒くさいことになりそうだ。

……仕方ない。呑みたい理由に興味もあるし多少は聞いてやるか。

冷蔵庫の前で飲酒を決めている先生がジトッとこっちを睨《にら》むから、俺はローテーブルの前に座って「話せば」と声を掛けた。

「……うん」

ジト目のまま拗《す》ねるように唇を尖《とが》らせてそろりそろりとこちらへ来る。

「きょーねっハゲ教頭に怒鳴られてぇ……もっとしっかりしろとか言われちゃってさぁ……あたしだってしっかりやってるつもりなのに失礼しちゃうったらありゃしないっ」

そうだな。生徒の前では多少しっかりしたほうがいいぞと冷静に現状を伝える。

「あたしっ、教師なんてやってるけどさぁ～……なにか教えられるほど……偉くないのにさ～……ってさぁ～」

酔っ払っているからか歌うような節が付いた先生の言葉。この人、酒の席でもこんな愚痴を吐いているんだろうか？　いや、送り届ける相手がいない時点で一人なのかもしれない。

「だってさぁーっ、高校まで女子高でっ……近所だから選んだ大学に当たり前みたいに入ってぇ……マンガ描いて、通いアシのバイトもしてぇ……マンガ賞獲ってさ、卒業したらマンガ家になってぇ～……あ～あたしの人生ってスムーズだなぁ～って……思ってた」

酔った視線は俺、を通り過ぎてどこか遠い方向を見ていた。独白するような愚痴は……誰に話し掛けてるんだろう？

「通いアシでバイトしてっ、そんでマンガ投稿もしてぇ、最初は佳作でしょ、次が銀賞だったかな～……賞金さんじゅーまんえんっ！　しゅごい！　東京の出版社さんで担当さんがついてね～……挨拶《あいさつ》しゅるために初めて東京に出てきたときは、うれしかったなぁ～」

歌うような抑揚の思い出話は懐かしむような音色なのに、その声は懺悔《ざんげ》するような音にも聞こえた。傍から聞けば楽しい過去を話しているような口ぶりなのに、どうしてだろう……誰でもいいから聞き届けてほしいという祈りにも見える。

「雑誌に載ったときー……おとーちゃんってば街中の本屋さんで、ありったけ取り寄せてご近所さんに配ってるんだべさ……あたし、それ……嬉《うれ》しかった～」

そこから、先生はゆっくりと過去を話し始めた。

雑誌掲載された後すぐに二本目の読み切りが載って、いよいよマンガ家として頭角を現すかなんて思っていた気持ちとは裏腹にアンケートの結果は芳しくなかった。

掲載誌は月刊誌だ。余っ程で無い限りはぽっと出の読み切りに感想なんて貰《もら》えない。アンケート結果にめげず三本目のネームに掛かるように担当編集は言ってくれたが、ネームコンペに通らずに気付けばマンガ家と名乗って三年目に突入しようとしていた。

「実家の手伝いしながらネーム描いてたべ……コンペに出すから早くくださいって担当編集さんに言われてもなかなか描けなくて、相談したいって電話しても忙しくて音沙汰なし。これはきっと私との連絡にタイムラグがあるから東京に出るしかないべって……。だから上京したいって伝えたら、おとーちゃんおかーちゃんが口揃《そろ》えて言ったべさ」

そろそろ目を醒《さ》ましなさい。三年も好き勝手にやってきたんだから諦《あきら》めなさい、と。

「……」

その言葉に俺は何も言えなかった。確かに両親の言葉は納得できる。だけどせっかく摑《つか》んだ夢を諦めたくなかったと先生は言った。

「わたし……それでもマンガ家やりたいから東京に行きたいって……そう言った」

そしたらおとーちゃんがこう言ったべさ。定職にも就かないでフラフラしてるんだったら三十路になる前に見合い結婚でもして実家の下宿を手伝えって……さ。

「悲しかったなぁ。わたし縋《すが》る気持ちでおかーちゃんは味方だよねって聞いたら……そんなに東京に出たいんだったらマンガ家は辞めて食うに困らない職に就け、そう言われた。私、何も言い返せなかったぁ……少ないけど貯金してたから通帳摑《つか》んで出てきたけど……私の行動力そこまでだったんだ。ふたりの言葉に逆らってマンガ家を続ける道もあったんだけどね……。あははっ、私も路頭に迷うのが恐かったんだべさ……だから教師なんて仕事を頑張ってんの……今だってやりたい仕事は……ひとつだけなのにっ！」

先生の口から出てきたのは教職が本望では無いという本音だった。

「そんな私が教師だべ？　しっかりしろとか言われても無理だべ……だって私、この仕事好きじゃないからさぁ……あはは……」

ときどき笑いを挟んで語る先生の言葉はまるで懺悔《ざんげ》だ。

淡々と垂れ流す過去の傷を声に出すことで誰かに受け止めて欲しいんだろうか？　それとも自分の器では抱えきれずに溢《あふ》れ出してしまったのか……。

こういうとき、大人ならどんな言葉を掛けてやれるんだろうか？　たった十六年程度の人生経験ではこの傷を理解してやることができない。

「わたし、こんなんならマンガ家でいたかったなあ……なんで好きでもない仕事して、怒鳴られていびられて雑用押し付けられてんのに平気な顔してヘラヘラ笑って……ここまで頑張らなきゃなんないのかっ全然分からない……っ」

俺を通り過ぎた視線は壁も天井も突き抜けて遥か上空を見ているようだった。そこには何が在るんだ？　振り返って確かめたくなるけど何も見えないんだろうな。俺も、壁も、遮る物全てを貫いた視線は雲の上に置いてきた夢を見ているような、寂しげな目をしている。

爪先《つまさき》でジャンプして手を伸ばせばもう一度届きそうな夢を見つめたまま、何もできないと指を咥《くわ》えて拗《す》ねている顔が年の離れた妹を思い出させる。

「あははっ。ごめんね……こんなのが先生なんて幻滅だべ」

アルコールの缶を両手で抱きしめてへにゃりと笑う顔。涙目で真っ赤だし、泣き顔でメイク崩れてるし、鼻水垂らしてるし……みっともない。

こんな顔をして教え子に謝るぐらいなら教師なんて辞めちまえばいいのにな。

（偉そうな意見だって分かってる）

惰性で学生やっている俺でも、同じ立場なら学校を辞めるか？　と問われればそんな気概は無いと答えるだろう。人生を賭《か》けたギャンブルに手をだすなんて馬鹿げている。

俺は学生を辞められないし、この人は教師である自分を辞められない。お互い、自分の人生に折り合いをつけて妥協の範囲で生きているんだ。

辞めるための口実があるのならともかく教職なんて安定を手放せる筈《はず》が無い。公務員という仕事はこの国にいる限りは何よりも安定していると思う。

だけど、もしも……。

協調を重んじて逸脱もできない臆病な俺にはできない選択肢を選ぶことができるなら？　安定の立場にいても夢を忘れることができない人間なら、選ぶのかもしれない。

「マンガ家に戻れるなら教師を辞めるのか？」

純粋な興味本位だ。この人が選べなかった運命の選択肢をもう一度与えることができたならどうなるんだろう？　という悪魔的な発想だった。

なぁ、アンタならどうする。マンガ家を取るのか？　安定の教職に居座るのか？

東雲和々花《しののめののか》は自分の夢を『両親《モブ》』の言葉で手放してしまった。本来であれば物語の主人公である先生自身が耳を傾ける相手では無かったはずだ。

失った夢を思い出しては悔いているのなら、その夢が目の前に現れたらどうしたい？

こんなリスキーな選択は俺ならしない、絶対やらない。だけど他人は分からない。不安定なマンガ家生活と、定年まで安泰の公務員の選択肢が同時に出たらどっちを選ぶんだろう。

こんな単純な発想は馬鹿馬鹿しいのに、酷《ひど》く甘美で過去最高に興奮する。

「もしもマンガ家に戻れるのなら教師を辞められるの？」

怯《おび》えた顔。震える視線。それなのに瞳の奥はギラギラと輝いている。

「……やめ」

発しかけた言葉を呑み込んだ。強い理性が彼女の本能を揺さぶった。

困ったな。質問の答えがイエスなのかノーなのか、最初の一言じゃ分からない。もしも俺が解答者ならノーと答える単純問題なのに。

公務員の給料は税金から出ている。教師をしている限り勤め先が倒産するリスクもなく将来は安泰だ。今は最悪な職場環境だって数年経てばクリアされるかもしれない。

安定プラス時の経過で改善する可能性が高い仕事に就いているのに、夢だ希望だの甘っちょろい考えでマンガ家に復帰したいと思うのか？　ヒットする保障だって無いんだ。

待遇だって一度ならず二度までも同じ結果になる可能性も大いにある。

「……っ」

それでもリスキーな夢に縋《すが》りたい？　安定が確約された未来を捨ててまで。

教職を辞めるほどの価値がその夢にはあるのか？　一歩間違えば人生を棒に振るのに。

……ああ困ったな。考えれば考えるほどゾクゾクしてくる。

どう考えたって教職《いま》を選ぶしかメリットがないんだ、この選択は。なのに……ありえない展開を考えるだけで体が熱くて堪《たま》らなかった。

頭の中では膨大な電気信号が放たれて接続と切断を繰り返している。目蓋《まぶた》の裏でチカチカと火花が弾けている。妄想だけでソワソワするんだ。胸が躍るとはこういうことなんだ。

俺はいま初めて買ったＲＰＧ《ゲーム》のオープニング画面を見たときみたいに興奮している。フィクションじゃないんだ、これはリアルなんだ。一人の人生が今、目の前で変わるかもしれない瞬間に対峙《たいじ》している。

「……」

この気持ちは限りなく純粋に近い闇《やみ》かもしれない。だから、だけど……先生の健気《けなげ》な姿に欲望を込めた言葉が抑えきれないいんだ。

「……辞めちゃえば？　教師」

その声色は酷《ひど》く冷たく、隠しきれない熱気に満ちていた。とても素直な答えを放ったつもりで、すごく残酷な解答を述べてみせた。

教師という安泰を捨てられるのか？　それでもマンガ家になりたいのか？

さあ、どうでる？　答えてよ東雲《しののめ》先生。


「…………う」


数秒の沈黙の後、部屋の中は先生の啜《すす》り泣く嗚咽《おえつ》が響いていた。

「う……うっ……むりだよ……こんなの……っ」

酔いが回ったのか逡巡《しゅんじゅん》の果てに思考を放棄したのか、泣き出してしまった先生からこれ以上のアンサーは引き出せなかった。

悲痛な泣き声に俺の理性がゆっくりと歩み寄ってくる。これ以上は止めておけとブレーキを掛けた。辞めよう、女性の泣き声は苦手だ――。

＊

……その後もグズグズと鼻を啜っては二本、三本と次々に酒を飲み干していく先生。どうやら話を聞いてくれる相手が欲しかっただけなのかもしれない。

彼女の口から語られる後悔は粗末なものかもしれないけど、泣き出すほどに辛い過去だったのは本当のようだ……そして。

「ぐぅ……すー……ふー……んー……むにゃ、む」

挙げ句の果てにはプッツリ途切れて寝てしまった。しかも飲みかけのストロング缶を持ったままで。部屋着にも着替えずに……。

「あーあ……」

面倒くさい女だなと思った。教師に向けるべき感情では無いが、現状この人は俺と対等またはそれより劣る位置付けにいるから仕方がない。

ラグの上に寝落ちた彼女の手から缶を取り上げて、ベッドから引っ張ってきたタオルケットを足下から首にまで被《かぶ》せた。

「誰が鍵閉めるんだよ……ったく」

女性の部屋に泊まるようなドッキリイベントだとしても、これは無い。部屋の中に酒の匂いが充満しているし、自分まで酔ってしまいそうな気持ちになる。

（いや、すでに酔ってるかもしれない……顔熱《あち》ぃーし）

冷静さを取り戻すと、とっとと退散したいという本音が出てくる。このマンションはオートロックのため、玄関ポストというものが存在しないから面倒くさい気持ちはあるものの防犯の為にも施錠して明日鍵を届ければいいやと書き置きに連絡先を残して部屋を出た。

（はぁー……ちょっと酔ってるかも）

玄関を出るといつもよりほんの少し高い星空が見えた。涼しい夜風がスーッと火照《ほて》った身体の熱を奪っていく。

視線の先には小さな三日月。金星と北極星が力強く輝いていて、なんとなく手を伸ばす。

（星に手は届かなくても元来た道には戻れるのに……）

夜風が頬《ほお》の熱を冷ましていく。つい先ほどまで興奮していた頭も冷めていく。それなのに胸の鼓動は依然収まる気配が無かった。

この感情はなんだろう？　先生の本音に昂《たか》ぶった熱が身体の奥底で燻《くすぶ》っている。安定を約束された彼女の目前に過去の夢が現れたとき、どんな表情をするのだろうか？

つまらない人間なら手放せない安定、俺なら手放さない確固たる安全だ。だけど、もしも、もしかしたらマンガ家の夢がチラついてしまったとき……あの人なら教職を退く決意ができるんじゃないかって。

（想像がつかない分だけ期待が隠せなくなる）

大人になるっていうのは『つまらない人間になる』っていうことだ。誰もが夢を見て誰もが失った夢をもう一度見つめ直す機会があったらどうする？　諦《あきら》め切れない夢がもう一度目の前に現れたらどうする？

同じ問答を反芻《はんすう》するだけでシナプスが明滅を繰り返す。俺の足取りはフラフラと蹌踉《よろ》めき、どうやって六階フロアから自宅に戻ってきたのかも覚えていないほどだった。

自室に帰ってくれば癖のようにスマホを充電ドッグに寝かせて時計を見た。早朝四時まで後三分という時間だった。

ベッドに倒れ込み枕を抱いて重たい溜息《ためいき》を肺の奥から吐きだした。

（人生を左右する選択が二つ表示されたとき俺ならどうする……？）

体力こそ残っていたが気疲れした身体をベッドに横たえてボーッと天井を見上げる。

（俺があの人なら、安定を選ぶ……だけど）

もしもこの手に安定と夢が置かれたらどちらを強く握りしめる？　目蓋《まぶた》の裏に彼女の姿を浮かべてみたけど、可能性を見つめたままで動かない。

困った顔で笑って、泣き出して……提示された可能性の前で手を拱《こまね》いているだろう。

（それが先生らしい、俺が知っている東雲《しののめ》先生は……そのぐらいしかない）

だから俺の知らない本来の彼女なら……この問題にどう立ち向かう。この先も建前だけで生きるのか自分の本音に向かい合うのか。

（考えたって結論はでないのに、固執するのは何故だろう……）

一回りも歳の離れた女性の未来を憂う十六歳の自分が滑稽《こっけい》すぎて笑えてくる。誰もがイージーモードの人生を選びたいと思うのに、その未来を選ぶ東雲先生の姿が上手に妄想できないんだ。だから俺は期待しているんだと思う。

東雲和々花《ののか》はもう一度夢を摑《つか》めるのか。

＊

テンテレテッテン♪　テンテレテッテン♪

スマホから着信音が響き渡り微睡《まどろ》みから現実へと引っ張り出される俺の意識。寝ぼけ眼《まなこ》の視界で着信画面を確認するも画面に写っているのは知らない番号……。俺の眠りを邪魔するのは間違い電話だろうか？　仕方なく受話をタップする。

『もしもし……？』

女性の声だ。ちょっと可愛らしくて舌っ足らずな印象を受ける。

『篠森《しのもり》くんの携帯電話でしょうか……？』

ああ、そうだけど。ってか誰だっけ……。

『私、初春《ういはる》高校で教員をやっている東雲《しののめ》と申します……』

先生……？　あれ、今日って土曜日だよな？　と寝ぼけた頭で考えていると昨日のことを少しずつ思い出す。

そうだ、また酔っ払って俺の家に押し掛けてきたんだっけ。そんで家まで送り届けた、と。

『あの……昨日はありがとう？　それで、部屋の鍵を取りに行きたいのだけど……』

なんとなくおどおどしている雰囲気の声色。まるで俺の腹の内を探っているみたいだ。そりゃあんだけ酔っ払って泣きじゃくった後じゃ罰が悪いだろうしな。

『今とか大丈夫……かな？』

いま思えば深夜だからメーターボックスにでも入れておけばよかったんだよなぁ……なんて思い返すけど酒臭さで熱くなった頭では考えられなかったんだよな。

取り敢《あ》えず、俺としても女性の部屋の鍵を預かってるのは嫌だから返したいんだけど……。

「取りに来るのはいいけど、そっちの鍵を開けっ放しで留守にするのは危なくない？」

家を離れるのは短い時間とはいえ、あくまで都会のマンションなのだから不用心だ。

『はっ！　えーっと……ぉ！　どう、しよっかな……ムムム』

真剣に考えるほどのことか？　俺に持ってきて欲しいって言えばいいだけなのに生徒相手だ

からって遠慮しているのだろうか。

『ムム……ッ、ベランダ越しに預かるとか……それとも、うーん……！』

どんなアイデアをひねり出すのか見物だったけど突飛な手段に出られても困るから、こちらから届ける意志を伝える。

「届けにいく」

『へ……!? あ、ありがとう……っ』

鍵を届けるぐらいなら簡単だ。一番手が掛かるのはアンタ本人だと言ってやりたい。

寝汗を流してから向かうから三十分後にと連絡して電話を切った。

「さてと」

エレベーターホールの奥にある二つ折りの階段から六階へと向かう。

フロアが違うだけでほとんど同じ外見の廊下を歩いて突き当たりの部屋へ。同じドア同じ型番のインターホンを押して返事を待つと「はーい」と間延びした声が聞こえてパタパタと小走りする音がした。

ガチャンッと玄関のダブルロックが外れて内側から先生が顔を出す。

「ありがとうっ」

今日は涼しそうなルームウェアだ。ふわふわのタオルのみたいな半袖とショートパンツから覗《のぞ》く白い手足が夏を感じる気持ちにさせる。

学生をやっていると女性の生腕や生脚に見慣れていると思っていたけど、この人の場合は見慣れた姿が普段着だから真新しい気持ちになる。

まぁ、学生の範疇《はんちゅう》を超えて仲良くなってしまうことはなんとなく億劫《おっくう》だけど。だから渡す物を渡したら立ち去ろうと思っていたのだけど……。

「昨日のこと覚えてる？」

なんとなく聞いてみたかった。ギクッと分かりやすい反応。

「な、な……なー……」

目が泳いでる。別に昨日の失態を叱《しか》る気もないけれど、俺の《興味》がどういう結果に結びつくのか見てみたいんだよね。

「き……昨日のこと、だよね？」

酔ったときの本音は散々聞かされたようなものだけど、素面《しらふ》でも同じことを言えるのかと確認してみたい。

「……過ちなの」

怖《お》ず怖《お》ずとこちらを見上げる彼女の視線をこちらも負けじと返す。

「は？」

あやまち？　どの部分を過ちと表現したんだ、この教師。そもそも一連の行動すべてが過ちと表現するのなら理解はできるけど……。

「目が醒《さ》めたら衣服は乱れシーツはめちゃくちゃに……っ！」

カァァ……と頬《ほお》を赤らめて顔面を覆う二十八歳独身。この人が何を過ちだと言ってるのか把握したけど、学生ながら保身のために口を挟んだ。

「酔い潰《つぶ》れるまで呑まないでよね」

「え、え!?　お酒……ぇ……あ！　あははっ！」

気付いたみたいだ。記憶が無いからって性犯罪者にされて堪《たま》るかってんだ。

「教え子と何かあるような酔い方してたの？」

起きたら寝乱れていて俺が部屋にいた痕跡《こんせき》があったから早とちりしたんだろうけど。

「ごめんなさいぃ……昨日のこと……なんっにもっ覚えていませんっ……！」

飲酒できる年齢になっても嗜《たしな》む以上の酒だけは止めておこうって、この人を見て思う。

（ってか記憶も無いぐらいに酔い潰れてたのかよ……）

堰《せき》を切ったような感情も酔った勢いでバフが掛かっていたってことなのか？　酷《ひど》く酔っていたから引き出せたピュアな本音だったのに覚えていないなんて……残念だ。

「わ、わたし……何かやらかした……変なこと言ってたり？」

記憶を手繰《たぐ》り寄せても見つからない様子で不安げに聞き出そうとする。覚えていないのなら昨日の顛末《てんまつ》を多少思い出させてみるか。

「教師辞めるって」

「へ？　あはは～っ嘘《うそ》だァ～っ!?」

作り笑いで否定する声。脚色はしたけど昨日の愚痴から導き出した結果だろ。

「そしてマンガ家をやり直すって」

「なァ……っ!?」

ギックーン！　って硬直して、お笑い芸人みたいな反応をする。図星ってこと？　ＲＰＧなら石化って状態変化が似合いそう。あんぐりと口を開けて目を見開いている。

昨日の記憶を一生懸命探って言葉の真意を確認しているようだ。


「私が……マンガ家に戻りたい……？」


悔しそうに唇を結んで睫毛《まつげ》を伏せてから、溜息《ためいき》ひとつ。こちらに向き直って肩を竦《すく》れば諦《あきら》めた顔でニッと笑う。

「なんって！　本心じゃないから忘れてちょうだいなー！」

いま何を吹っ切ったんだろう？　驚くほど明るく笑う声。表情は浮かないままだから本心じゃないんだろうなって言葉の意味を聞き返した。

「そういうもの？」

「そういうものなのよっ！」

……やっぱり大人って嘘つきだ。

「ほら、こう見えて私だって責任ある立場だし可愛い生徒も抱えてるし……現実再就職だって大変なんだから」

そう思わない？　なんて同意を求められると肯定するしかないんだけど……マンガ家に戻りたいっていう本心は本当のことだと思うから大人の振る舞いについていけない。

（だけどゲームは難しいぐらいが面白いっていうし）

自分を騙《だま》して教職に固執するのならそのつまらないプライドを引っ剝がしてやりたい。昨日感じた感覚は攻略の糸口っていうか……この人なら普通とは違う生き方を選んでくれそうな気がするんだ。

そりゃ安定から解き放たれるのって怖いと思う。俺だったらそんなことはしない。人生って綱渡りをする人間の足下からロープそのものを取り払うようなものだから。でもこの人なら選ぶんじゃないかって期待がいまも胸から消えないんだ。

この気持ちは破滅願望か？　それとも転生願望か？

他人の人生を安全な場所から眺めているような優越感に酔いながら、自分自身を投影してゾクゾクする悪趣味な欲望。

「……だからね。私は教師を辞めたりなんかしないしマンガ家にも戻らない。終わりっ！」

立派な教師然とした強さを秘めた笑顔。真っ直ぐ前向きでいて曇りが無い完璧な顔。悔しいけど、こういう振る舞いに大人っていうものを感じてしまう。

ぽわぽわ危なっかしくてドがつく天然の先生も二十八歳の大人なんだと。

「うぷ……頭、痛ぁ……」

前言撤回。自分のペースも分からず酔い潰《つぶ》れて迷子になる困った大人だ。

「飲み方には気をつけてよ」

「は、はぁーい」

時には同級生のような顔で接してくるくせに、変なところで貫禄を見せつけてくるこの人の生き方を狂わせたいって願望はいまだ燻《くすぶ》っている。

直接何か手助けを……なんて気もさらさらないけど観察対象として面白いかなって。だってさ、幼虫がサナギになって羽化する行程って興味があるじゃないか。他人と体裁の殻に隠ったサナギからどんな姿で生まれ変わるのかって。

さあ先生、変わって魅せてよ。

嘘《うそ》と本音のどちらが勝つのか。

第三章

六月十八日 土曜日

六月に入ると先月までの快晴は嘘《うそ》のように雨続きで、ネット界隈であれほど議論されていた今年の梅雨入りは早いか遅いかなんて話も中旬になると誰も書き込まなくなった。

例年より六日早い梅雨の始まりは引きこもり学生から外出する機会を失わせていく。

ベランダから見える曇り空は薄暗いものの雨は降っていないようだ。スマートフォンから天気予報を見れば今日は夜まで曇りらしい。

まさに出掛けるのなら今のうち。

(池袋にあるんだっけ……)

多少距離はあるけれど山手線に乗ってしまえばドアツードア。

池袋なんて賑《にぎ》やかな場所はいままで行くことが無かったんだけど、都内にしては珍しい十五万冊の蔵書を持つコミックカフェがあると知ってから行ってみたかった。

書籍はもっぱら電子で買うけど、新旧ごちゃ混ぜのマンガを勘だけを頼りに手軽に開拓できるのは紙の本が一番だと思うからだ。

(それに、あの人の夢を焚《た》き付けるためにも知識を蓄えないとだし)

そうなれば早速行くか、とクローゼットから適当な服を探す。半袖は肌寒いかなと白の無地シャツに黒のスキニーパンツを選んだ。

足下は近所を歩く程度に買ったデッキシューズ。ボディバッグに薄っぺらな財布とスマホを入れたら、部屋を出る。

「あれ？」

エレベーターが上階に向かっている。どうやら先客がいたようだ。

四階、五階を通過して六階で止まる箱。そこから降下表示に変わったから、知らない住人と鉢合わせするのは避けられないようだ。

（気まずいな……）

極力隣人と関わりたくないって思うから、いざ鉢合わせると挨拶《あいさつ》に困ってしまう。ソワソワする気分で六階から五階へと降りてくるエレベータに乗った先客を見て驚いた。

「あ」

扉の向こうの人物も「あ」と口が開いていた。こんなタイミングってあるんだな。

「篠森《しのもり》くんもお出かけ？」

そう。偶然にも上階の東雲《しののめ》先生と鉢合わせた。知らない隣人よりはマシだけど、顔見知りっていうのも反応に困るよな……。

私服で遭遇することは滅多に無いから先生の視線が俺を上下に見ているのが分かる。

こういう視線って気にしてみると意外とよく分かるんだなって。まあ俺も先生を見ているのが伝わってしまうんだろうけど。

（学校とは違う感じの服装だ……）

マリンボーダーのカットソーにブルーのワンピース。肩からネイビーのシャツを羽織っているのが大人っぽくみえる。

レースの靴下をインしたストラップシューズと麦わらのバッグが夏っぽくて爽《さわ》やかだ。

（夏のお洒落《しやれ》ってイメージかな）

学校とは違うテイストの彼女に不思議な気持ちを抱きながら一階に到着したエレベーターを降りる。

「篠森《しのもり》くんはどこに行くの？」

「池袋」

「ぬなっ⁉」

目を丸くして驚いている。池袋に行くのがそんなに不思議なんだろうか。

「私も池袋」

そうなんだ。なんだか不思議な巡り合わせの休日だな……と駅まで一緒に歩いていく。上野駅から池袋までは山手線一本で行くのが一番早いから必然的に車両も一緒になるんだけど、降車して改札を出る場所までもが同じだった。

（もしかして一人？）

　地上へ向かい目の前に広がった大通りは雨の晴れ間で水溜まりがキラキラ光っていた。

　池袋って大きな街なんだな。基本的な買い物は徒歩圏内で済ませていたから、わざわざ人混みに赴く必要も無いと思っていたけど……色とりどりの看板や横断歩道の手前で待つ人たちの多さに上野とは違う雰囲気を抱いた。

　若者向けの街っていうか、立っているだけでワクワクする。こんな拓けた街が電車一本なら今度からちょくちょく通ってしまいそうだ。……梅雨が終わればね。

「私は右手側のサンシャイン中央通りに行くの、篠森くんは？」

　どうにも先生と同じ方向なんだよな。池袋のメインストリートだからなのかもしれないけど、横断歩道を渡ってしまえば解散するんじゃないかな。

　キラキラ光る水溜まりと燦々《さんさん》と太陽の光を受ける先生は池袋にマッチしていて、こんなお洒落をして誰と会うんだろうか？　なんて勘繰ってしまう。

　聞いてみたい気持ちはあるけど……プライベートに口を挟むのは無粋か。

「よしっ青信号。渡っちゃおっか」

　そうだなと一歩踏み出す。目的地はサンシャイン中央通りにあるビルだ。目的のネットカフェを目指して横断歩道を渡りきると先生はもたもたと靴紐《くつひも》を直していた。

（信号変わるよ……）

　そうしている間にも青信号は再び赤信号に。渡りきった俺を見る先生は両手を合わせてゴメンッと伝えてきた。

このまま行ってもいいかな？　って思ったけど行き先を聞かれて何も答えて無かったなって思いだして立ち止まる。

その間、向こう岸の彼女でも観察してようか？

先生は意外と若く見える。二十八歳ってそんなに大人じゃないのかもしれないな。孔子の教えでも三十までは親の脛《すね》を齧《かじ》れっていうし……あれ、違うか？　そもそも論語ってどんな内容だったっけ……あとで学習マンガでも見返してみるか……なんて思いつつ目の前を横切る全面液晶の大きなトラックに目を奪われると——。

ドバッシャアアァァァ——！

足下から頭の天辺《てっぺん》まで泥水が跳ね上がった。

深い水溜まりを勢いよく踏んでったトラックがウォーターショーさながらの水飛沫《みずしぶき》を浴びせてきて……全身ずぶ濡《ぬ》れになってしまった。

「……うわ」

多少の水ハネならまだしも服が濡れたままでは入店できないんじゃ。いや、乾かしたとしても泥水を引っ被《かぶ》った白シャツのまま移動するのも嫌だな……厄日の予感。

そんなビフォア&アフターを横断歩道の向こう岸から見ていた先生は青信号に変わった瞬間に走ってきた。

「だだだ大丈夫!?」

「ご覧の有様」

濡れることよりも汚れたという意味では痛手だな。男だからどうにでもなるよと説明するけど先生的にはそうもいかないらしくキョロキョロと周囲を確認している。

「篠森《しのもり》くん付いてきてっ!」

「え?」

先生は突然俺の手首を掴《つか》んで引っ張って行く。

(ちょ、何処《どこ》に?)

濡れ鼠《ねずみ》のまま、とあるビルのエレベーター前まで連れてこられて「え?」と驚く。偶然にも目的地に到着だ。

「いらっしゃいませ。お二人でご利用ですか?」

コミックカフェの受付にいる女性店員が濡れ鼠の俺に気付く。ちょっと恥ずかしい。というか、目的地に到着したのはいいとしてどうしてここに……?　と先生を見る。

「この子にシャワーお願いします。これ会員証です」

会員証カードを提示してカウンターに俺を突き出す。こっちはちょっとしたパニックだ。店員は俺の出《い》で立ちと先生の言葉で察したようでシャワーブースの使い方を説明しながら案内図を取り出した。

えーと、どういうこと……？　シャワーを浴びても着替えがないって。

「すぐ戻ってきますのでっ！　よろしくお願いしますっ！」

それだけ声を掛けて去っていく先生に俺はポカンとするしかなかった。

「えー……と」

もしかして着替えを買いに……？　自分の用事はそっちのけで世話を焼いてくれるのは有り難いけど……申し訳ない気持ちが勝ってしまう。

俺がドジったのが原因なのにプライベートまで教師に手を焼かせてしまったのが……。

「シャワーは三番をお使いください。お連れ様が到着しましたら声を掛けますので」

店員と先生の機転にビックリしつつシャワーブースへと歩いて行く。

三番と記されたシャワーブースに入ると受付で預かったコインを投入してコックを捻《ひね》った。

「はぁぁー……」

湯水に溢《あふ》れる安堵《あんど》の声。六月といえど濡《ぬ》れ鼠《ねずみ》では寒かったようだ。

さてどうしようかと思いつつ体を温める。シャワー専用のコインは念のため三枚預かっていて一枚につき十分間使えるらしい。

これだけあるのなら服を洗うこともできるんじゃないか？　と思ったがドライヤーを使うに

も制限時間があるだろうと先生を待つ。

二枚目のコインを使ってたっぷりと体を温めてから脱衣所に出ると、ドアの隙間《すきま》に紙切れが挟まっていた。ああ、そうか店員だとしても脱衣所の俺に声を掛けてドアを開けさせるわけにはいかないからな。

メモを引っ張り出して中を見ると、先生の買ってきた着替えを届けてくれたらしい。

そーっとドアを開けてドアノブに引っ掛けられた着替えの紙袋を手に取ると、タグが切られた着替え一式が入っていた。

「ビニール袋も一緒に入ってる……」

至れり尽くせりだな……と濡れた服を透明な袋にまとめて口を括《くく》る。そして取り敢《あ》えずはと届いた服に袖を通す。

「……あ、すごい」

ぶかっとしたデニムパンツに黒のタンクトップと白のフードシャツが入っていた。

全身コーデと言わんばかりのセットアップを先生が選んでくれたんだと思うとちょっと気恥ずかしい。

それにウエストを紐《ひも》で縛るタイプのデニムパンツ、タンクトップとフードシャツも体にフィットしていて驚いた。

早速、着替えを済ませて受付に残ったコインを返すと先生の行方を尋ねる。

「お連れ様ならフラットシートのお部屋にいらっしゃいますよ」

どうやら三時間ほど利用していくみたいだ。もしかして俺のために……？　なんて思ったけど、それならば三時間コースってことはないか。

俺も本来の目的がここだから改めて俺も利用したい旨を伝えて、シャワーブースもこちらで会計してほしいと伝えたが先生の伝票だから断りが必要だと言われてしまった。

先生の用事がコミックカフェなら直接顔を見てお礼を伝えたいし、この服の代金だって支払いたい。そんなふうに考えていたのが顔に出ていたのか、受付の店員は先生のルームに連絡を取り付けてくれた。

結果……彼女のいるフラットシートの個室に俺も入るということに。

「お部屋は一つ上の五階フロア、雑誌コーナーすぐの五一〇ルームになります。延長や外出の際はお声がけくださいませ」

アパレルショップの紙袋を持った俺は最速、先生のいる部屋へと向かう。黒を基調とした完全個室のドアをノックすると「はーい」と声が返ってきた。

「あの、俺だけど……」

「うん。いま開けるね」

内側からドアが開き先生が顔を出す。黒いフラットシートの部屋は手狭だけど二人ぐらいなら足を伸ばして座れそうなスペースだ。

備え付けのクッションの横にはマンガの単行本が積み上がっていて、早速とばかりに読み始めたような光景だった。

「マンガ……読みにきたんだ」

「へ？　そうよ？」

「そっか。あと……ありがと服」

「うん。あ、お代は気にしないでね」

そうはいかないだろ。と口を挟むも、マンガ本を手にした先生はニコッと笑って「受け取りません」の一点張りだった。

「それならクリーニングして返すから……」

「女性が贈ったものを返しちゃ駄目よ～」

そりゃ、そうだけど……。だけど全部無償でしてもらうのは気が済まないっていうか……。

「それならここの料金……」

「駄~目。私は私のお金をしたいことに使っただけっ！　ノープロブレム！」

「でも……っ」

親でも無い他人から貰《もら》いっぱなしなんて信条に反するっていうか落ち着かないんだけど。

「じゃあ君が社会人になったときにね。出世払いってコトで示談～」

てこでも動かない気だな。口約束なんかで借りを作るのは遠慮したいんだけど先生が言いたいのは俺の持っている金銭は俺の金ではないのだから。という意味を含んでいる。

……悔しいな。こういうとき自分が子供なんだって痛感する。

「それより篠森《しのもり》くんもココに用事だったんだね～」

「ああ、うん。面白いマンガがあればいいなって」

「あるぞ～読み切れないほどあるからね。時間内全力まったりよ！」

そう言いつつマンガ本を拡げて読書に戻る先生。傍らには少年マンガの一巻が十冊ほど積まれていた。

「少年マンガなんだ？」

「うん。好きなんだぁ～」

先生って少年誌が好きなのかな。勝手に少女誌のイメージを持っていた。いつぞやのＤＶＤボックスも少女アニメって感じだったし……。意外って感じだ。

読み終わったコミックを拝借してカバーを見ると真新しくて、巻末を見てみると最近発売されたマンガだと気付く。他のマンガも同じような発売日なのかもしれない。

「どうして一巻だけ？」

「職業病っていうか、癖だね。今もこうして趣味がてらチェックしちゃう」

そっか。もしかして少年マンガ家だったのかな。なんて不思議な感情が顔に出ていたのか、コミックから顔を上げた先生が俺を見て笑った。

「デビューは少女誌に近いんだけどね。もともと目指してたのは少年マンガなの」

特に……と、背表紙にある特徴的なマークを指さす。

「マンデーコミックス……少年マンデー？　週刊雑誌の」

「そうっ！　なまら憧《あこが》れだべさ！　ってても、デビューしたのは別の出版社だけどね」

苦笑いしつつ肩を竦《すく》めるポーズが年上のお姉さんだなって。この人、マンガ家に戻る気は無いとか言ってたけどチェックしてるってことは脈あり？

いつかマンガ家に……なんて諦《あきら》めてないから、こうして新しい作品のチェックをしてるんじゃないのかな。

「篠森くんも探しておいでよ、せっかく来たんだから」

「俺は……。先生が読み終わった本でいいや」

「これでいいの……？　蔵書いっぱいあるのに」

「選ぶの面倒くさいし先生が好きなマンガなら興味あるし」

そう、なの？　と不思議そうな顔で読書に戻る先生。俺は読み終わった山を手繰《たぐ》り寄せて壁にもたれ掛かる。

マンガって不思議なものでＳＮＳでバズったり大きなメディア展開をしていない作品のほうが面白かったりする。それって作者の力量だけで単行本化していたりファンによって支えられていたりするからなのか、息の長い作品ほどひっそりと連載が続いている。

先生が積み上げている一巻だけの少年マンガもいずれそんな愛される作品になるのかもしれないと思うと、誰よりも早くダイヤモンドの原石に触れているような気さえする。

少年マンガも様々で絵が美麗な作品もあれば、独特な絵柄の作品もある。少年マンガを単行本で読むのって小学生以来だったけど……個性的な世界観の作品が増えたんだと思った。

作風に好き嫌いは勿論《もちろん》あるんだけれど大手少年マンガ誌だけあって良作揃《ぞろ》いだ。

(今は今で新鮮な気持ちで読めるんだな……)

マンガに触れるのが久々だったのも小中高一貫の進学校で流行っていたのは海外ミステリーやライトノベルなどの文章作品が主流だったからだ。マンガ作品ってだけで買い与えてもらえないクラスメイトもいたから文章作品に重きがあった。

そんな環境だったからか中学に上がる頃にはラノベが流行っていたんだけど、同級生たちのブームに俺は着いていけなくなっていた。

もともとゲーム好きというのもあって俺が好きなのは努力して成長していくキャラクターたちの絆や関係性が見える作品だった。

だけど皆が夢中になるのは異世界に転生してチート能力を振りかざす、魅力皆無のキャラクターの物語だった。文章作品っていうのも原因なのか話の腰を折るようなラブシーンや過激な暴力シーンもお粗末に見えてしまった。

それが面白いと囃《はや》し立てる同級生たちの中で、俺が面白いと思う作品を共有する気にもなれなくて……気付けばコンシューマーゲームに時間を費やすようになっていた。

イージーモードの人生で無双をする物語の中には面白い作品もあったかもしれない。だけど探すことに疲れてしまったんだ、俺が読みたい作品はもうここには無いんだって……。

それなのに久しぶりに読む少年マンガは面白くて、こんなマンガを描ける存在って凄《すご》いんだと感心してしまうんだ。

「鷹空《たから》くんもマンガ好きだった？」

「うん。好きだった……と思う」

好きだったから幻滅して離れてしまったんじゃないかなって今なら思う。

「私もマンガが大好きっ！」

読み終えた一冊を抱きしめて笑う先生はキラキラしていた。本当にマンガが好きなんだなってひねくれた俺にも分かる笑顔だ。

「読み終わったの返してくるね。時間いっぱいまで読むぞー！」

元気に立ち上がって部屋を出る先生。


……そこから、少年マンガを中心にたくさんの本を読み耽《ふけ》っていく。

先生と一緒になってマンガを読み、特に面白かった作品はスマホのメモにタイトルを控えておく。

マンガってたくさんあるけど一度読めば納得する作品もあれば二度三度読んで考察したい作品もある。読み終わった後の余韻……読後感っていうのかな、それが強い作品は電子でも続けて買おうとお気に入りリストに入れたりしながら……気付くと退室時間が目の前だ。

一巻だけをひたすら読みあさる時間はあっという間で夢中になっていたんだ。三時間もあれば飽きて暇をするかも？　なんて思っていたぐらいなのにドリンクバーを使うことも忘れていた脳みそは急激に糖分を欲しがった。

「出る前にジュース飲んでくる……」

立ち上がると程良い疲労感にグラッと眩暈《めまい》を感じた。ついでに先生の分も取ってくるとドリンクサーバーに行って桃味の炭酸飲料をふたつ部屋に運んだ。

「ただいま」

「おかえりなさい」

先生も喉《のど》が渇いていたのか炭酸ジュースをゴクゴクと飲み干した。何気に桃味が好きなのを知っていたからか弾ける笑顔で「うまーい！」と喜んでいる。

「そろそろ退室するけど篠森《しのもり》くんはどうする？」

「根詰めると眠れなくなりそうだし帰る」

「そっか。じゃあ私も帰る……前回は半日引き籠《こも》って熱出しちゃって」

「まさかの知恵熱」

タイミング良く返ってきたワードがツボに入ったのか「それ！」と笑いだす先生。集中すぎて熱を出したんだから知恵熱だろうし特段面白いことは言ってないと思うけど。

「あははっ！　ごめんっ、篠森くんってちょっと怖い子だと思ってたんだ……なのにっ、そんなツッコミ入れてくるんだなぁって……くふっ、ふふっ！」

意外だった。確かに口数は多くないんだろうけど怖いというのは余計じゃないか？　俺はこう見えて穏やかな性格だと思うんだけど……。

（でも見え方が変わったっていうのならアンタもだけどな）

俺の知ってるプライベートは酔っ払いって印象なのに、ずぶ濡《ぬ》れアクシデントにスマートに対応できる姿を見せられたら印象が変わってみえる。

酔っ払うと部屋を間違えるような人だけど、一般的な大人の振るまいを見せられたら尊敬するっていうか。

こう見えてキチンとした社会人なんだって実感すると不思議な気分だ。俺から見た東雲《しののめ》先生は教師というより手の掛かる姉弟みたいな感覚だったけど、実際は想像を越えた大人だったんだなぁ……なんてしみじみと。

「それじゃお会計して帰りまっしょいっと」

精算を終えてコミックカフェを出ると池袋の空はすっかり西日になっていた。昼間とは別々の印象をお互いに胸に抱いて、山手線外回りに乗り込んだ。

トトントトンと揺れる車内。横並びのシートに差し込む西日は眠ってしまった東雲《しののめ》先生を照らしていた。

「すぅ……すぅ……」

寄りかかってきた体は柔らかくて、肌触りの良い腕から暖かな体温が伝わってきた。こういうシチュエーションってドキッとするべきなのかな？　って思うけど、ふにふに笑いながら寝息を立てる彼女はやっぱり……姉か妹みたいな近しい関係性に思えてしまう。

もたれかかった髪から漂うシャンプーの匂いもサマーニットの微《かす》かな柔軟剤も大人っぽいのになぁ……なんて呆れてしまう。

「んっ……むにゅ……ふふっ……」

あーあ。夢を見て笑ってる……電車の中で爆睡するだけでも面白いのに、どんな夢を見てるんだろう。

「そこ……バッキンガムきゅーでんだよ……しりょーみなさい……むにゅっ」

夢の中で背景を描いているのかな？　楽しそうな寝言に小さく笑う。

「ふにゅっ……むひゅひゅ……イカスミでは……かけないってばぁ……すぴー」

大きな寝言にまわりの乗客も笑いだしている。恥ずかしいけど……まあいい。

（到着まで寝かせておこう）

トトントトンと揺れる休日の山手線が俺たちを運んでいく。車窓から射し込む西日もどこか柔らかくて、なんとなく……今日は良い日だったと思わせてくれた。

＊

六月の曇り空からは大粒の雨が降り注ぎ校舎を濡《ぬ》らす。

憂鬱《ゆううつ》な季節。昼休みは次の授業までまだ半分ほど残っていた。そんな中……

「な、な、菜穂子《なほこ》ぉぉーーー!?」

クラスのムードメーカー秋月実弥花《あきづきみやか》が素《す》っ頓狂《とんきょう》な声で教室に飛び込んできた。いつもとは違うアプローチで騒ぐ彼女に教室の中がざわざわする。

秋月は一冊の少年マンガ雑誌を見開いて掲げ、嬉《うれ》しそうに伝える。

「菜穂子が……菜穂子が……マンガ賞を獲ったどーーっ！」

その興奮した口ぶりで飛び出した言葉は確かにビックリ案件だ。俺は目の前の席で同級生の女子と喋《しゃべ》っていた白河《しらかわ》さんがギクリと硬直するのを見た。

（マンガ賞……？）

どう振る舞っていいのか横顔が困っている。スキップのようなダッシュで走ってきた秋月は真っ正面から白河さんを抱きしめた。

「おぉぉめでとぉぉ～！　とうとう獲りよったぁぁ～！」

「み、実弥花ちゃん声が大きいって」

「夢の印税生活の始まりだぁぁ～！」

「まだ何も始まって無いってば……っ」

秋月が振り回す開きっぱなしの週刊少年マンデー。たぶん白河さんはこの雑誌のマンガ賞を獲ったのだと思う。その証拠に開きっぱなしになったページでは現役高校生の佳作受賞が表彰されていた。

「ハッ！　鷹空《たから》ンも見て！　菜穂子が獲った佳作！」

「凄《すご》いね。白河さんのマンガが認められたってことだよな」

「ここから始まる白河なぽぽ先生の活躍に期待！　ご愛読ありがとうございました！」

「初《しょ》っ端《ぱな》から打ち切りにするな。不安になるだろ」

仲の良い友だちが受賞したことが浮き足立つぐらいに嬉しいんだろうな。秋月は雑誌を手に他のクラスメイトにも声を掛けに走っていく。なんだか白河さん本人よりも喜んでるんじゃないかって思うぐらいに。

「おめでとう白河さん」

「あ、ありがとうございます……っ！」

週刊少年マンデーは東雲《しののめ》先生の目指していた雑誌だから、なんともいえない親近感のようなものを感じる。いつもは教室の風景に溶け込んでいる普通の女の子なのに、こんな有名な雑誌で受賞するなんて意外と世間は狭いのかな？　なんて。

「将来はマンガ家に？」

「えへへっ私はまだ学生なので畏《おそ》れ多いですっ」

頬《ほお》を染めて照れ笑いする女の子。雑誌を手に教室中を駆け回っていた秋月《あきづき》は長い髪をひるがえして戻ってきて、ピョンピョン跳ねて喜びを表していた。

「いや〜すごいっ！　さすがアタイの菜穂子《なほこ》！　新連載はいつから!?」

「話が飛躍しすぎだよ実弥花《みやか》ちゃん。まだ担当さんも付いたばかりだし」

「キイイィ〜！　夢の印税生活っ！　アタイも印税が欲しいっ！」

百歩譲って印税だけ欲しい！　と吠える秋月。それは何も譲ってないし強欲すぎる。

教室の中は白河《しらかわ》さんの吉報で持ちきりになり彼女たちの周りには雑誌を見てみたいというクラスメイトたちで人垣ができる。

男子も女子も受賞を喜び、この先の進路に影響はあるのとか高校生マンガ家としてデビューするのかとか夢のある話で賑《にぎ》わっていた。

白河さんの後方にいる俺も人垣の一部になりつつ、同じ高校生でありながら雑誌社に投稿して受賞までした白河さんの行動力に驚いていた。

そういえば東雲《しののめ》先生も在学中に投稿していたのかな。卒業してスムーズにマンガ家に……

って言ってたもんな、と改めて驚く。

いつか来る将来に向けて、少ない時間の中で投稿作を作っていた同級生と先生の存在を認識すると俺の過ごしている時間はなんて無駄なんだろうかと多少凹《へこ》みもするけども。

一般的な学生っていわゆる上昇マインドなのかもしれないなぁ……。

「みんなーどうしたの？」

「あ！　ののセン！」

出席簿を片手に人垣の様子を見に来た東雲先生が教室に入ってきた。何ナニ？　なんてこちらを覗《のぞ》き込んでくると秋月がマンガ雑誌を開いて見せつけた。

「ののセン！　菜穂子がマンガ賞獲ったの！　少年マンデーだよ！」

満面の笑みで喜ぶ秋月。その光景にギョッとする俺。なんとなく、この状態を避けたかったかもしれない。

「マンガ賞……白河さんが……？」

目を丸くして驚く先生。見開かれた雑誌は彼女の目指していた出版社のものだ。マンガ家に戻りたいなんて泣いていた人が生徒の受賞をどう受け止めてしまうのかと不安になった。

「すごいっ！　もっとよく見せて～。わっ、ホントだ！　えええすごいっ！」

「……!?」

先生は普段どおり……いや普段以上に明るく楽しいテンションで受賞を喜んでいる。その姿に今度は俺がビックリした。喜ばしいことだけど、同業のライバル登場を目の当たりにするのは俺だったら嫌だと思うから構えていた。

「ええ〜！　これ!?　上手すぎっ！　このマンガ読んでみたいっ！」

「せ、先生〜そんなっ照れちゃいます……っ」

「イラストは何度か見せてもらったけどマンガも描けるんだ〜！」

「えへへっ、実は初めてだったんですが頑張っちゃいました」

教え子の活躍に喜ぶ先生と面食らったままの俺。てっきり言葉を失うんじゃ無いかって心配していた俺には彼女の気持ちが分からない。……割りと他人事なのかな。

同じ夢を叶えようとしている誰かがいても悔しいって対象にならないとか？　生徒たちと一丸となってお祝いしている先生は嬉《うれ》しそうな顔をしているし。

マンガ家に戻るって夢は憧《あこが》れのまま風化してしまっているのかな……泣くほど後悔しているのに女性の気持ちって分からない。

——気持ちは複雑なまま午後の授業が始まる。

＊

午後の授業を終えて帰宅すると昼寝する癖がついてしまっているようで、照明点けっぱなしの部屋の中で目が醒《さ》めたのは二十一時を回る頃だった。

エントランスのインターホンが鳴り通販の荷物が届けられたお陰で深夜に目を醒ますなんてことは回避できた。

明日は休日ということもあり、夜食も含めて遅めの夕飯をコンビニで調達しようかデリバリーで済ませるかの二択に悩んでいたとき、玄関ドアのチャイムが鳴る。

ピンポーン……ピンポーン♪

ドアチャイム？　さっきの配送会社かな？　頼んだ荷物は過不足なく受け取ったから何か伝言でもあるのかと玄関に向かう。

ピンポーン……コンコンコン♪

ノックまで。早く出ないとよっぽど急ぎの用事かもしれない。

運送会社しか予想が付かないけど用件にまったく心当たりがないから怯《ひる》んでしまう。玄関ドアはモニターされていないからドアスコープを覗《のぞ》くまで来客が分からない。

取り敢《あ》えずドアスコープを……覗《のぞ》こうとしたときに元気な声がドア越しに聞こえてきた。

「しっのもっりくーっん！」

……嘘《うそ》だろ。二度あることは三度あるってことなのか？　元気に住人の名前を呼ばれるのも近所の人に見られたら恥ずかしいからとドアを開ける。

「こんばんわーっ！　やってるぅー？」

仕事終わりの東雲《しののめ》先生が両手にコンビニ袋をぶら下げて挨拶《あいさつ》してくる。

「……もう酔ってるの？」

「へ？」

念のための確認だったけど今日の先生は素面《しらふ》のようだ。

「えーと、先生の家はひとつ上の階」

「知ってますぅー！　遊びに来たんだよっ！　ヘイッ」

……遊びに？　教師が教え子の家に？　そんなことがあってもいいんだ都会って。

酔ってないなら上がってもらっていいけど、酔ってないとしたらどうして押し掛けて来たんだろうと勘繰ってしまう。知り合いの家って気軽に押し掛けたりするものなんだ。

「祭りじゃ宴《うたげ》じゃー！」

先生は両手にぶら下げた、パンパンに荷物が詰まったレジ袋を持ち上げる。

「いや〜いっぱい買っちゃってね〜一人は味気ないなーっと思って来ちゃった」

「そう……なんだ」

そっちのほうが一人暮らしが長いんだから食べられる量だけ買えばいいのにと呆れてしまったが酔ってないなら多少はマシかと諦《あきら》める。

「散らかってるけど」

「掃除したげようか⁉︎」

「遠慮する……」

「触られると困るモノが……っ！」

無いってば。年頃にしては欲が薄くて悪かったなと悪態つきつつ部屋へと通す。

「わー！　これが男の子の部屋かー！　しーんせーん！」

「三度目だよ。ここに来るの」

「へ……⁉︎　あ、あはは……」

あの時の記憶は本当に消えてしまっているのかと思うと酒の力って凄《すご》いんだなって思いつつ、食料を買いすぎたから来たなんて初めてだから何か裏があるんじゃないかって勘繰ってしまう。

（ってかコンビニで買いすぎるってあるのか……？）

ふたつのレジ袋を横目に見ながら部屋に案内すると適当に座ってもらう。

先生はラグの上に座って荷物を広げスナック菓子やコンビニスイーツ、はたまた酒のツマミなどを取り出していくからギョッとする。どんだけ買ったんだ。

「さささっ！　篠森《しのもり》くんも遠慮しないで食べてっ！」

なんだこれ。ストレス発散甘やかしデイまたは深夜のジャンク祭り？　どう見たって夕食ってレパートリーじゃないし、むしろヤケ食い的なラインナップだ。

「嫌な事でもあった？」

「うぐ……っ！」

どうやら図星らしい。だってお菓子にプリンにアイスって夕食じゃないだろ。

（あとジュースの中に擬態している……これ）

鮮やかな缶ジュースの中にはチラホラアルコールっぽい物が混じっているし。

俺の分は炭酸ジュースだけど、同じような炭酸のドリンク缶をプシッと開ける姿は学校に通報されたら免職ものだぞ？

たくさん買ったからなんて言い訳をしながら拡げるチーズやハム、プリンにケーキをテーブルいっぱいに並べていく様は癇癪《かんしゃく》を起こした子どもに見える。

（やっぱり、アレ……なのかな）

嫌な事があったとして原因はなんだ？って思うけど……学校での出来事かな。俺が勘繰っているのに気付いた先生は気まずそうな顔をして上目遣いにこちらを見る。

「た、たまたま買いすぎただけー……あははー」

「じゃないよね」

「い、嫌なことなんて……あは、あはは……っ」

「正直に言えば」

レジ袋の中身は全部出したわけじゃなくて、ドリンク缶と一緒にマンガ雑誌が入っていた。

こういうのってなんとなくの勘だけど、当たっている気がするんだよな……原因。

「それなんじゃないの」

クラスメイトの白河《しらかわ》さんが佳作を受賞した週刊少年マンデーの今週号。それが白い袋から透けて見えていたから指摘すると先生はプリンの透明スプーンを咥《くわ》えたままギクリとした。

「うぐ……ッ！」

やっぱり教え子の受賞は喜べなかったのか。二十八歳って意外と子供っぽいのな。俺たち子どもと何も変わらない。

「違う、嬉《うれ》しかった。本当に、嬉しかったの。おめでとうって心からお祝いできたの」

それは本心だったと絞り出して、深い溜息《ためいき》。暫《しばら》くして「凄《すご》いよね」と髪を掻《か》き上げた。

「学生だって忙しいのにコツコツと一人で作品を仕上げたんだ。それは凄いこと」

だから祝いたい気持ちは当たり前に抱いたけど、その反面で自分は何をしていたんだろうと虚しくなった……とプリンを口に含む。

むにゅむにゅと何を言おうか考えている仕草を黙って見つめていると、観念したのか先生は自分が抱いた感情の正体を吐きだした。

「嫉妬《しっと》しちゃった」

一回りも年下の子どもに悔しいという感情を抱いてしまった。こんな気持ちをどう晴らしていいのか分からずに社会人なりの金の力で好きな物をたくさん買ってパーッとウサ晴らししちゃおう！　なんて決めたのにマンションに到着したら一人ぼっちの自分に寂しくなってここに来ちゃったんだ、と。

「呆れちゃう。教師失格だよね私。篠森《しのもり》くんに愚痴っても仕方ないのに……」

それでも足が止められなかった。これ以上我慢したら壊れてしまいそうで怖かった。マンガ家って夢に近づいた十六歳の女の子を祝福できない自分の狭小さに辟易《へきえき》して今もこうして他人に迷惑を掛けてしまっている……。

自分は教師なんてものに向いていないって事実も重なって苦しくなってしまった。

「十六歳でも一人で頑張れるんだって……頭の中がぐちゃぐちゃになって……っ」

「……」

「嬉《うれ》しいのと悔しいのと虚しいのがぐちゃぐちゃでドロドロになってる」

白河《しらかわ》さんの受賞を肯定すると昔の傷に引っ張られる自分が呪詛《じゅそ》を唱えているのに気付いて怖くなった、相反する感情に振り回されて誰かに聞いて欲しかったと懺悔《ざんげ》する。

「嫉妬したって何も変わらないのに……弱いのは私だったたって話なのに……」

深い溜息《ためいき》を吐《つ》いてから両手で顔面を覆う。どれだけ肯定しても負の感情の大きさに逆らえず、それは教え子を祝いたいという感情まで呑み込んで肥大していくんだと言う。

教師としては最低の感情かもしれないけど人としては正しい感情なんじゃないかと問う。

「駄目なの。彼女には未来があるんだって思うと眩《まぶ》しくて羨《うらや》ましくて。だったら自分も今から努力してマンガ家に戻ればいいじゃないって思っちゃうの……バカでしょ」

どうして？　俺は今からでもアンタの好きな方向に舵《かじ》を切ればいいだろうと言う。だけど、先生の口からでる大人の感情はそう簡単でも無いらしい。

「私、もう教師なのに。いつまで引きずってんだろって……諦《あきら》めるために辞めたのに」

良い教師であろうとするばかりに理想と現実が相反する葛藤で鬩《せめ》ぎ合っている。

（何を簡単なことで悩んでいるんだろう）

今こうして羨ましいと思うのなら、欲望に耳を傾ければいいだけだ。

一度は手にしたマンガ家って過去を未来にするためにも今から努力をするだけだ。それなのに……この人は安定した現状を手放したくないんだ。

それって、甘えだと思う。

「……っ……うっ……ぐすっ」

涙を堪《こら》えて唇を嚙《か》みしめるほどの激情を抱いて何を迷ってるんだろう。

(俺だったら迷うこともないのに)

カーディガンの袖で涙を拭いて、ドリンク缶のプルタブを起こす薄桃の爪《つめ》。

「ごく……ごく……っ」

グイッと傾けて飲み下す液体は現実逃避の酔いを与えてはくれない。だってそれ、ノンアルコールって書いてあるし。

静かな部屋の中にゴクゴクとヤケ酒を飲む音が聞こえる。

「こんな気持ちになるために教師なんてやっててんじゃないのに……」

海老せんべいのスナック菓子をボリボリと嚙む先生。強く擦《こす》りすぎたのか目蓋《まぶた》は真っ赤だ。

「教師なんてっ、適当にやりながらマンガを描いていればよかったのに……っ」

スナック菓子をドリンクで流し込むと今度は透明のプラカップに入った野菜スティックと生ハムのトレイを開ける。キュウリに生ハムを巻き付けて齧《かじ》ってヤケ酒真っ只中だ。

バリバリと口の中に含んでモグモグと咀嚼《そしゃく》している。そして嚙みしめた涙が溢《あふ》れる。

「嫌だよぉ……こんな自分……っ」

ボロボロと涙が頰《ほお》を伝う。そしてボリボリとキュウリを嚙む。

「泣くか食うかどっちかにして」

「食べる……っ……！」

ボリボリキュッキュと無言で食事をしている先生を視界に入れないようにして、俺の視線はベランダの外にでも飛ばしておく。

女性の泣き顔ってなんだか苦手で、どんなふうに声を掛ければ満足してくれるのかなんて分からなくて、俺にできることは聞き流してやるぐらいのことだよな……って声を掛ける。

「俺でいいなら言えば。別に口外しないし」

「うう……っう、ぐす……もぐもぐ……ごくっ、ん」

ハァー……と大きな溜息《ためいき》をついて遠い視線は天井よりも少し低いところを見ていた。

「つまらない話なの……」

先生は、いや……東雲《しののめ》和々花《ののか》という女性がぽつりぽつりと昔を語り出す。

「私、東京出てきても諦《あきら》めて無かったんだ。教員にはね、意外とあっさり就けたんだ」

教師の仕事をある程度覚えたら、憧《あこが》れの東京でマンガ活動するぞって息巻いていた。だけど新米教師の仕事はいつまで経っても覚えられなくて、朝早く出たと思ったら夜遅くまで忙しくて疲れて帰る日々にマンガを描く気力が削られていった。

忙殺される日々を繰り返している中でもマンガのアイデアだって考えていた。いつか描こうって思いと通帳の数字が増えていくたびに『描けない』気持ちは『描かない』理由にシフトしてしまった。

このまま描かなくてもいいんじゃないか？　って気持ちを感じていても休憩中や就寝時にア

イデアは浮かぶからメモしようとノートだって用意していた。でもそれは描きたいって気持ちを物質化しているだけだと気付いた瞬間、馬鹿らしくなった。

もしマンガを描いても、またコンペに落ち続ける日々の繰り返しじゃないかと。また一人ぼっちでネームを作って提出しても、ずっと一人で待ち続ける日々じゃないかって。

忙殺される日々の中で描く理由はまったく思いつかないのに、描かない理由だけが溢《あふ》れ出してくる。

自分のマンガなんて誰も望んでないんじゃないかって疑心暗鬼で潰《つぶ》れそうになる。だからマンガ家なんて天職じゃ無かったと言い聞かせた。自分には才能も無かったんだって。

誰にも期待しなければ何かに絶望することだってない。

「そう思って私は諦《あきら》めたの……だって同じ事の繰り返しじゃない……っ」

ボロボロの泣き顔で無理やりに笑みを作る。教師だろうがマンガ家だろうが、それはアンタが自由に決めることができるのに……どうして不自由な選択で自分を縛るのだろう？

人は生まれたときに人生ってゲームシナリオを与えられるけど展開までは知らされない。プレイヤーである自分さえもどんなイベントが待っているのか分からないんだ。

人生はＲＰＧに良く似ている。広大なフィールドを手探りで冒険して、脅威《モンスター》と戦って、勝つ日もあれば負ける日もある。雑魚敵にさえ全滅させられることだってある。

戦いの日々も負け続けると諦めたくなる。それでも自分の前に立ちはだかる強敵を倒した後のシナリオを見るために進むんだ。それなのに、この人は立ち止まっている。

「一度負けたぐらいで怖じけすぎじゃない？」

「だって、負けるのって……すごく怖いんだよ」

そうやって泣き言を垂れ流している間にも次々生まれてくる冒険者たちは戦火を越えて次の世界へと飛び立っていく。

「負けて恐がれるだけの余裕があるってことだろ」

マンガ大賞を受賞した白河《しらかわ》さんだっていずれ大物のマンガ家になるかもしれないしアンタと同じ道を歩むかもしれない。

「安全な場所で好きなだけ震えていればいいよ」

だけどいつかは自分の足で立って自分が歩む道を選ばなきゃならないんだ。

「その間に頑張った奴らだけがマンガ家の夢を叶えていくんだから」

気付けば俺は彼女を突き放していた。本当はどうすれば良かったんだろう。

同情して寄り添えば良かったのか？　ウジウジと悲しんでいる彼女の姿に重ねられる感情が出てこない。

「……そうだね」

「マイナスを肯定するのは楽？」

失敗を肯定するのは簡単だ。どんなにたくさんの勝利を収めてもたったひとつの敗北で人は立ち止まってしまう。

その場所からもう一度歩むのも、自分を見直すのも戦略だ。人生を冒険するゲームではプレイヤーたちが次の行動を自由に選べる。

(だけど俺は選べなかった)

自分自身がプレイヤーだと気付かずに誰かの手の中で動かされる駒のように生きてきた人間だっているんだ。

(だから俺は選ぶことすら放棄した)

自由な選択ができるアンタが二の足を踏んでいることが理解できない。

自分自身で道を決められるような人間が他人の言動ひとつで未来を手放したという理屈が根本的に分からない。

どうして迷うんだ？　どうして諦《あきら》めたんだ？　そんな姿になってまで。

「現状を選んだのはアンタだ。それが嫌なら今からでも頑張ればいいだろ」

「だけど、今さら……私だけで……っ」

「そうやって自分が傷つかないほうを選べるだけ立派だね。大人ってもっと決断力があると思っていた」

「辛いことばっかり云《い》わないで……私だって、選べるなら……！」

濡《ぬ》れたビー玉みたいな瞳が俺を睨《にら》む。心の奥底まで見透かされそうな透き通った視線。

俺は先生の生き方を否定して、如何《いか》に自分の意見が真っ当であるかという態度を示すように黙った。

これは駆け引きだ。俺が、俺の好奇心を満たすための。

——俺が生まれたときの話はよく知らない。気付いた頃には父親しか血縁はいなかった。一人息子を養うために朝も夜も働く父さんの背中を見て育った俺は、一般的な子どもが持つような夢や将来の希望なんかが欠落していた。

ただ一方的に養われる金食い虫の俺にも慈悲の気持ちはあったから養育費分くらいは立派な人間になってやろうと思ったんだ。

父親が望むような、誰に紹介しても恥ずかしくないような息子でいれば満足するだろうと中高一貫の進学校に通い、有名大学に入って一流企業に就職してやればいいと行動した。

……勿論《もちろん》、この考えは決して成熟していないことは分かっている。

早く社会に出て父親と対等になりたいと願いつつも、いまだ自分一人で何かを成し遂げたこともを無いような頭でっかちの十六歳だ。

保護者がいなければ夜歩きもできないような未成年の子どもだ。

自分の将来に無茶で叶いっこない夢を抱かないのだって、親に迷惑を掛けたくないから。

それは誰からも褒《ほ》められるいい子でいたいんじゃない。俺はいつだってレールの外側を見つめているんだ、指を咥《くわ》えながら。

ほんの一歩足を踏み出す勇気も無いから敷かれたレールから飛び出せないんだ。だから、俺は……東雲《しののめ》先生に人生を賭《か》けさせたいって願ってる。


やってみせてよ、俺にはできない大胆な選択を。

乗り越えてみせてよ、この無謀なチャレンジを。


「現状を選んだのはアンタだ。それが嫌なら今からでも頑張ればいい」

「……だって今さらじゃない。誰も待ってくれないマンガを一人で頑張るなんて……」

ふと、その言葉に原因が濃縮されているように感じた。この人がマンガ家をしていたときは家族や友人が応援してくれていた。

だけど当時の担当編集は急かすだけ急かして解決策を提示しなかった。

応援の声も次第に減って、担当編集には連絡が取れず、それでもマンガ家に戻りたい一心で単身上京したけれど……一人ぼっちの環境では頑張ることもできず、教職に忙殺されることを言い訳に逃げだしてしまった。

それでもマンガ家に戻りたいんだと思う。諦《あきら》め切れない様子が見え見えだから。

「こんな気持ち……初めてで、何も分からない……っ」

　マンガを描くことから離れていた状態では気付かなかった負の感情に揺れている。いざ目の前に自分と同じ夢を叶えそうな人間が現れたからどうしようもなくなってしまったんだろう。

　目指した夢がどうでもいいのならこんなふうに悲しんだりしない。忙しいから描けないという現実から目を逸《そ》らし続けていた夢は、色褪《いろあ》せていなかったんだ。

　その涙で濡《ぬ》れた視界の端っこにでもまだ、あの夢が映っているのならもう一度見つめ直せばいいだけなのに……そんな簡単なことすら思いつかないのか？

「こんな時間からヤケ食いできる元気があるなら頑張れば」

「だけど……っ。私は、もう……教師だから……」

「体裁だけで選んだ仕事でしょ？」

「……それは、そう……だけど」

　いまだグズグズと言い訳を考えている様子だったけど、俺は自分の気持ちを整理したせいか頭の中はやけにスッキリしていた。だからかな、この問題に正面から挑める気がするのは。

　この人は夢の道すがら戦いに敗れ、そして立ち止まっているだけ。決して自らリザルトしたわけじゃないんだ。そうなれば、現状先生に必要なのはマンガ家に戻るという決意よりも、マンガ家という初心に返る動機なんじゃないかって思った。

　なぜなら人生はＲＰＧに似ている。これが俺の持論だからだ。

だから彼女の過去をＲＰＧに置き換える。いま必要な課題は次の戦いに挑む準備だ。戦いに必要な物を選ぶのは主人公であるプレイヤーだけど、一人で攻略できなくなったときに現れるのがＮＰＣ《モブ》の存在じゃないか。

（それが俺だとしたら……？）

なかなか良い考えだ。だけど困ったな、俺はマンガに詳しく無い。読むことはあっても描いたことなんて一回も無いからこの発想は無駄だったかな。

「……ぐすっ」

「鼻水出てるよ」

それでも見てみたいんだよな。隣で鼻水垂らして泣いてる人がマンガ家に戻りたいからって安定を手放せるのか。いつか教職とマンガ家の夢を選ばなきゃいけない選択肢が出てきたとき、どっちを手にするのか。

表面的にはどっちでもいいと思っている。でも、それじゃ面白く無いんだよ。興味本位で首を突っ込むようで悪いけど、俺は見てみたいんだ。東雲和々花《しののめののか》が道を踏み外すその時を。

……そこから数分経った。

最後まで結論が出ないまま東雲先生のヤケ食いタイムは終わりを迎えた。涙も尽きたのか泣き腫《は》らした目で「着信があったから」と言い出したの切っ掛けに帰ってもらう。

コンビニゴミは片付けておくからと送り出した後、俺だけの部屋はシンとしていた。

「はぁー……」

頬《ほお》が熱い。酒気にあてられたのかな。今夜の風が涼しければ換気ついでに頭を冷やそうと掃き出し窓を開けた。

「……明日は晴れるといいな」

蒸し暑い東京の夜。湿気を含んだ柔らかな風は俺の頬を撫で付ける。

(マンガ家、かぁ……泣くほどの夢なのかな……)

夢の無い俺には価値が分からない。だけど、俺の望む場面が見られるのであれば先生の力になってやってもいいんじゃないかって気持ちが生まれていた。

マンガ家という夢に向き合うためだけど、現状教職に重きがありすぎて天秤《てんびん》は傾かない。

(そんなに良い夢なら、多少は調べてもいいかもな)

冷静に考えなくてもマンガ家のイロハなんて知らない。マンガを描く方法だって昔も今も紙とペンなのかと思うぐらいだ。

そう思うと多少は調べてみようかな、って気持ちになってくるから不思議だ。

俺の行動がマンガを描く動機になるか分からないし、暇潰《ひまつぶ》しに手伝ってやりたいなんて思ってもやり方すら分からない。だけど、まぁ、こうやって首を突っ込んでしまったからには多少は連帯責任だしと換気を終えた窓を閉めてスマホを片手にベッドに向かった。

ピンポーン。ピンポーン。

＊

土曜日の朝だと察してくれ。ゆっくり寝たいから午前指定の荷物も頼んでないのに。

こっちは早朝まで調べ物をしていたんだ、もう少し寝かせてほしい。

「ぐぅ……すぅ……」

よしよし止まったか。改めて寝直すかと思った矢先……。

ピンポーン！　ピンポーン！

誰だ。しかもこの音は一階のエントランスからじゃない。オートロックを突破して何用だ。

防災点検でも無いだろう？　頼むから諦《あきら》めて帰ってくれ……。

ピンポーン……ピポ、ピポポーン。

連打をするな。フラグを立てるな。惰眠を貪らしてく、れ……っ。

ピポ、ピポ、ピポポーン。ピポピポピポピポピポポポポポッ！

あーもうっ！　うるさいっ！　しつこいっ！

他人じゃなければ絶対にしないピンポン連打は顔見知りの犯行に違いない。

「まだ朝なんだけど……っ」

頻《しき》りに鳴らされると朝から出来上がってるんじゃないかって疑ってしまう。これがあの人じゃなかったら速攻で通報だ、と念のためスマホを握って玄関に行く。

『しのもりぐぅぅーん……あげでぇぇ──……！』

ひえっ……もう酔っ払っているのか？　まだ午前中なのに……。

『でてぇぇーあげでぇぇー……しのもりぐぅぅーん！』

玄関先の人物はドアスコープを覗《のぞ》くこともなく判明しているのでロックを外す。ガチャンッ！　とドアを開けると、涙目で鼻水垂らした東雲《しののめ》先生が飛び込んできた。

今のところ酒臭くは無い。だが尋常ではないテンションに念のため聞いておこう。

「何を飲んだの……」

「うう……っお水……っ」

「俗にいう……魔法の水？」

「洗濯機の……お水……が、あぅ……ぅぅ」

最新の酔っ払いは変わった酒を嗜《たしな》むんだな……。朝っぱらからルームウェアのままで洗濯機の水をゴクゴク飲み干したのか……なんだそれ。

いや、普通に考えてもおかしいよな？　そうなると何が洗濯機の水を飲んだ？

「わだじのっ……ゲーダイがぁぁ……おじゃんにっ」

「おじゃん？　ケータイ？」

先生の右手には愛用のガラパゴスケータイ。

さめざめと崩れ落ちる東雲和々花《しののめののか》二十八歳のガラケーと洗濯機の水になんの因果が……。

「あ！　もしかして水没……？」

「濯《すす》ぎ一回コースで……うっう……っ」

道理で妙にピカピカしたガラケーから柔軟剤の匂いがすると思った。

「これ、これどうやって直すの……ぉぉ……わたしのけーたいぃぃ」

直すって……充電用の端子口も剝《む》き出しになってるし直すのは無理なんじゃ……。

いつの機種か分からないけど防水処理は薄そうだ。明らかな水濡《ぬ》れ破損だと有償修理の扱いになるだろうし……問題はこのガラケーのショップ在庫があるかどうかだ。

「いつの機種なのこれ」

「たしか二〇一四年」

……八年前。その頃にはすでにスマホが主流だった気がするなぁ。

取り敢《あ》えずはキャリアショップで修理対応？　中のデータが無事かどうかもみてもらわない

と分からないし。

「ううう……どうしよう……～～調べようにも説明書無くしちゃってたぁぁ……！」

令和の時代にガラケーなんて持ち歩いている人だから機械には疎《うと》そうだし、口頭で説明したからってその通りに行動するかも分からないしな……。

（修理に出すなら二度手間防止にも俺が付きそうのがいいのかな）

……しょうがない。手の掛かる上階の顔見知りが困ってるんだし、この恩はいつか藁《わら》しべ的に返ってくるように今は徳を積もう。

「キャリアで修理できるか聞きに行くか」

「ふえ……？　きゃりあ……？　これ直る？」

多分きっとほぼ確実に直らないと分かっているけど、それを断言して泣かれても面倒だ。

「診てもらわないと分からないよ。機種変更になるかもしれないし」

「機種変更……そうかぁ……長い間ありがとねラブベリーちゃん」

この人ガラケーに名前付けてる……。確かにカラフルで特徴的なデザインだけど。

「取り敢えず三十分後に待ち合わせ」

「え！　あ、うん……三十分ね……了解！」

男が着替えるだけなら五分と掛からないんだけど先生は雑に見えて女性だし。寝癖のついた髪も直さなきゃならないだろうし時間が掛かると猶予を与えた。

（三十分あればどうにかなるだろ……）

さてと、待ってる間に特徴的なデザインから機種を割り出して後継機が無いかぐらいまでは調べられるとスマホをタップする。


そこから三十分はあっという間。

俺と先生はキャリアショップのある秋葉原へと赴いた。


「こちら廃盤のモデルですが……」

水濡《ぬ》れしたガラケーはすでに廃盤しているどころか利用中の回線自体もプランが無くなってしまうと店頭で聞かされショックを受ける先生。

「せっかくの機会ですしスマホにチャレンジしてみませんか？」

という店員の誘いと、俺と同じモデルなら使い方も教えてやれるということでガラケーに後ろ髪引かれる思いを残しつつもスマホデビューさせることができた。

「ただ今キャンペーンをやってまして、こちらの機種に乗り換えられたお客様を対象に同社のタブレットをお得に使っていただけるプランがあるのですがいかがでしょうか？」

ご一緒にポテトもいかがですか作戦か。さすがにスマホすら初めて触る人にタブレットなんて宝の持ち腐れなんじゃないかと思ったが、俺はふと思い出す。

（タブレットがあればマンガが描けるんだよな……）

マンガの描き方なるものを戯れに調べたときがあって、最近は古参の大御所作家もデジタル作画に乗り換えているらしくパソコンまたはタブレットという二大勢力らしい。

先生はスマホだけでも難しそうなのにタブレットまで!?　と驚いていたが、このチャンスは彼女に新しい作業環境を与えられるんじゃないかって画策する。

「契約しなよ」

「ええ!?　こ、こんな難しそうなもの持て余さないかな……？」

「最近はこのタブレット一枚でマンガを描いている作家が多いんだって」

「へ!?　こ、この薄っぺらいのでマンガを……？　またまた～」

ご冗談をと言いたげな先生だったが先代のガラケーを長年愛用していたことにより消費できるポイントも大量にあったから、専用のスタイラスペンを見せてもらうことにした。

「こうやって液晶に直接描くならデジタルでも難しくないでしょ？」

「むむむっ!?　指だけじゃなくてペンもあるのか……で、でも……」

めちゃくちゃ迷ってるな。何か一押しできないものかと参考になりそうな人物を思い浮かべると白河《しらかわ》さんを思い出した。

「白河さんのマンガもタブレットで描いてるらしいし」

「なぬっ!?　あのペンタッチも……トーン処理も……このタブレットで……？」

ちょっと揺らぎ始めたな。さすがに作業のすべてを聞いたわけじゃないけど、調べた範囲では最初から最後までマンガの作業はできるとブログ記事には書いてあった。

「うん。下描きもペンもできて色も塗れるし勿論《もちろん》、印刷だってできる」

「最近のマンガはコンパクトに描けるのね……むむっ」

「それに、この機種ならスマホと操作方法は同じだから覚えることはひとつだよ」

「そう……なんだ。そっか……マンガが描けるのか、いいな……いいなぁ……」

迷う先生を尻目に俺は俺でこれを契約させられたらマンガを描く環境を丸っと手に入れられるんじゃないかって考えている。……いや、だからどうだって話なんだけど割りと重要かと。

この人が背負っている面倒くさい過去を払拭させるにはマンガ家に戻りたいという気持ちを強くさせるのが大切だと思うんだ。

これは十六年ばかりの人生で得たちょっとした勘だけど『フラグ』って感じがする。アナログとデジタル、カタチは違っても以前と同じようにマンガを描けるという環境を与えたら、先生の中で変革が起きるかもしれないって気持ちが大きくなる。

「うー……む」

マンガ家に戻るって選択肢を出すためのフラグになりそうな気がして、背中を押したい。さすがに金銭の発生する契約だから最後は先生自身が決めることになるんだけど。

「……よしっ！　決めた！」

先生は……タブレットも欲しいと言った。

「篠森《しのもり》くんが教えてくれるんだし、直接描けるならちょっと気になるし」

「うん。どっちも同じ機種だから困ったら答えられるようにするよ」

それじゃ早速契約だ！　と意気込む先生。ガラケーが死んでしまったときの落ち込みとは違った笑顔は新しい環境に旅立つ勇者のように清々《すがすが》しい。

キャリアショップの店員は契約用のタブレット端末を出してきて契約要綱をひとつずつ説明していき、最後はタブレットに署名するだけで手続きはスムーズに終わった。


帰り道。


キャリアショップの紙袋をぶら下げて新しいスマホケースを見に行く。先生の笑顔は終始キラキラしていて俺も心なしか口端が上がっていたかもしれない。

「はー！　楽しかったー！」

旧ガラケーの重要なデータなどはキャリアの預かりサービスのようなプランに入っていたようで、アドレス帳諸々新しいスマホにも導入できるようだ。

俺は東雲《しののめ》先生っていう女性を一つの事や物に対して頑固というか意固地っていうかイメージを抱いていたけど……新しい環境にも馴染める順応性があるんじゃないかって思えた。

「ケータイは変わっちゃったけどスマホも悪くないかもっ♪」

「ガラケーの三百倍は便利だと思うよ」

「タブレットのペンもポイントで買えたし今日は良い日だにゃー！」

そろそろ午後に差し掛かる休日。せっかく秋葉原に出てきたからと駅で別れて、俺は家電量販店の中にある大型書店に足を運んだ。

タブレットでマンガを描くためのアプリを調べておきたかったから。

（まさか誰かのために調べ物をするなんてな）

昔なら考えられない心境の変化。以前の俺だったら絶対にしなかったこと。少しずつ変わっていくんだ、人はこれを成長と呼ぶのかもしれない。


そして変わっていくのは俺だけじゃ無かった。

この日を境に東雲《しののめ》先生にも変化が起きていくことをまだ知らない――。

第四章　七月七日　木曜日

七月に入っても相変わらずの雨続き。学校は期末テストに突入していたのだが、それとは別に慌ただしく帰路を急ぐ俺の姿があった。

（本降りになる前に帰らないと……！）

午後に差し掛かろうとする上野の空は小雨がぱらつき、ポケットの中の鍵がカチャカチャと音を立てる。

（なんで布団を干しっぱなしにしてきたんだ……！）

そんなイージーミスをするのはもちろん俺ではない。テストの監督中にしきりに窓を見ていると思ったら「布団を取り込み忘れたから助けてー！」と泣きついてきた、うっかりがチャームポイントになりつつある東雲和々花《ののか》の布団だ。

俺がご近所でよかったな……と呆れる。それでも布団を濡《ぬ》らしてやるのは可哀想だからと、いよいよ雨脚が強くなった空の機嫌を伺《うかが》いつつ突っ走る。

「到着……！」

ポケットの鍵で急いでドアをこじ開けて、先生の部屋に飛び込んだ。リビングの掃き出し窓の向こうには真っ白な布団が小雨の中で寂しそうにぶら下がっていた。

「うわっ!?　セーフ？　アウト……セウト……？」

回収した肌掛け布団は面積が大きい分しっとりと濡《ぬ》れていた。

「うーん……」

俺のじゃないけれど、これはこれで可哀想だな。

うちのマンションの一階にはコインランドリーが入っていたから、社会見学ついでに洗い直してやろうかと布団を抱えてエレベーターを降りた。


「……ふぅ」


間に合ったとは言いがたいけど大型の洗濯乾燥機が空いていたので突っ込んできた。

やっと自分の部屋に帰ってこれた俺は安堵《あんど》の溜息《ためいき》をひとつついて湿気で重たくなった制服を洗濯機に投げ込んだ。

部屋着に着替えてソファに腰掛けると先日先生が置いていったスナック菓子を開けた。あの日は大変だったなぁ……なんて、思い出す。

あの日っていうのは白河《しらかわ》さんがマンガ賞を受賞した日の話だ。

なんとなく流れっていうか空気っていうか……想像以上に先生の夢に入れ込んでしまって中途半端に首を突っ込んでしまった。夢を諦《あきら》められない自分が悔しいなんて泣いている姿は、俺が持ち合わせない感情なんだよなって。

夢を取り戻したいなんて泣き言に「そうしろよ」と突き放しただけならよかったのに、どうにも俺はこの人が安定を手放して夢を摑《つか》み取る瞬間に立ち会いたいなんて思ってる。

(夢に縋《すが》り付くのって滑稽《こっけい》にしか見えないんだけどな)

デカすぎる夢や希望なんて障害にしかならない気もするんだけど、それは自分自身の話。バカでかい夢のために安定が約束された未来を手放せるのか？　大の大人が。

将来に希望も無い俺も相当だろうけど、その夢のために道を踏み外せるかもしれない東雲《しののめ》先生って存在が気になっている。

(俺だったら絶対に選ばない選択肢の向こうには何があるのか……)

例えば進路希望なんて東京の有名大学を三つ書いてしまえば済んだことだ。

将来の夢なんて小学生でもあるまいし。……そう思ってたんだけど、クラスメイトの誰もが夢のために大学や専門という未来のビジョンを持っているのが目に映って驚いた。

冷めているとか、早熟だとか、そういう言葉で自分を肯定していた。将来の夢なんて子どもっぽいな、なんて今でも思ってしまうし。

もしかしたら俺だけが異端なんじゃないかって思うけど、考えた結果に行動が伴うのならそもそも迷ったりしないいんだよな。

(結果的に俺がやりたいことなんて今も見つからない)

たぶん早熟なんじゃなくて空っぽなんだろうな。生まれてからずっと自分は他人の駒なんてスタンスで生きてきたせいで捻《ひね》くれてるんだ。

(未来の俺はどうなってるんだろう)

卒業したらどこかの大学かな。五年後はどうなる？　十年後は？　想像がつかない。

自縄自縛の不自由から解放され、いざ自由を手に入れても考えは変わらない。自分自身に対する振る舞いすらも分からないから。

(普通なら他人に興味を抱く前に自分をどうにかしろって思うんだろうな)

だけどなぁ……人生にフラグを立てる方法が分からない。面倒くさいし。

それよりもすでに大きな選択肢が待ち構えている他人の人生に首を突っ込んだほうが面白いじゃないか。

理想の傀儡《かいらい》を演じることで麻痺《まひ》した感覚を取り戻せるまでは遊ばせてよ。

「……性格わるっ」

愛想も尽きるな。考えれば考えるほど性悪すぎる。

ピロンッ♪

「ん？」
テーブルに置いたスマホの通知窓に『和々花《ののか》』と表示された。まだ学校だよな？
今日は期末テストの監督だけなら帰宅は早いかもしれないけど……と液晶を見る。

《和々花》
お布団ありがとう！
濡《ぬ》れちゃってた？　ゴメンね。今から帰ります。
お昼ごはん食べた？　お素麺《そうめん》頂いたから食べにこない？

素麺って文字に胃袋がギュルギュル鳴きだした。さっきまでのシリアスな自分とは思えない。
コインランドリーに預けた布団の乾燥もそろそろ終わるだろうし、預かった鍵も返したいから部屋に上がって待ってるよとメッセージを送る。

《和々花》
りょーかいでっす！

可愛らしいネコのスタンプが「ＯＫ！」と笑っている。

ガラケーを水没させてから長い時間は経っていないけど、マンツーマンで操作方法を教えたのがよかったのか今では割りとスマホを使いこなしているみたいだ。

この調子で一緒に契約したタブレットも使いこなしてくれるといいんだけど、なんて思いながら布団を回収するためにコインランドリーへ向かった。

＊

「たっだいま〜！」

インターホンが鳴ってモニタ越しに帰宅を報《しら》せたのは東雲《しののめ》先生。鍵は俺が預かっていたから、オートロックを解錠するとご機嫌なテンションで帰ってきた。

干しっぱなしの布団がファインプレーで回避できたのが嬉《うれ》しいのかな？　トートバッグを持った彼女は洗面所で手を洗ってからリビングへと戻ってくる。

「お布団ありがとね」

「洗い直したけどね」

コインランドリーの洗剤だから匂いが違うかもしれないけど……とベッドの上に畳んで置いた布団を指さす。

「なんとっ本当でござるか……！」

先生はダダダッとベッドに向かうとふかふかになった布団を抱きしめて頬《ほお》ずりした。

「ふかふかだぁぁ～！　すっごいふわふわだぁぁ～！」

彼女曰く、コインランドリーがテナントに加わった時から使ってみたかったらしい。洗濯機なんて全部同じだと思ってたけど大型ドラムで布団やバスタオルを洗う『お湯洗浄コース』というのが繊維が生き返るレベルにふわふわになると聞いて試してみたかったとか。

「あぁ～すごいっふわふわっふわわふわわっ……ふわわわわ～！」

思い掛けずパワーアップした布団との逢瀬《おうせ》を喜ぶ先生は学校とは違う雰囲気で楽しいし、なんならこっちのほうが取っつきやすい。

「あ！　そうだお昼！　お腹減ったね、お素麺茹《そうめんゆ》でるね！」

布団への頬ずりを止めて部屋着を摑《つか》んで脱衣所へ向かった。何故……？　と思ったけど、そうか着替えるために移動したのか。

暫《しばら》くしてパイル地のルームウェアに身を包んだ先生が戻ってきてキッチンに立つ。

「篠森《しのもり》くんはお素麺の薬味大丈夫～？」

間延びした声が食の好みを聞いてくる。子供じゃあるまいしショウガもミョウガも大丈夫だと答えると「了解」と元気よく返ってきた。

「私、結構大食いで二把食べちゃうんだけど篠森くんも同じでいいかな？」

「んー。先生が食べられる量ならいけるんじゃない？」

「オッケー。じゃ、大きい鍋で湯がいちゃおう」

キッチン下の収納から一人暮らしで使うには大きめの鍋が出てくるが、かなり使い込まれた物なのか古めかしい感じがする。

こういうのって実家から持たせてもらうのかな、自分では買わないと思うし。

「ショウガとミョウガは買ってあるし、おネギは切ったのがあるし……っと」

バコンッと冷蔵庫の開閉音。蛇口から勢いよく出る流水音に混じってまな板と包丁がぶつかり合う音が聞こえてくる。

誰かが台所に立って調理している音は家にいるような気分で妙に落ち着く。といっても、窮屈だった実家じゃ無くて、どこか知らない温かい家庭に招かれたような気分だけど。

（テーブルぐらいは片付けておくかな……）

ローテーブルの上には化粧品や書類が積み重なって散らかっているから、種類ごとにまとめて片付けていく。いそいそと食卓の準備をしていたら書類の束の中に何かを見つけた。

「これって……」

コピー用紙にはシャープペンシルで絵が描かれていた。メモかな？　いや、絵だ。四角い枠線の中にはフキダシと台詞らしきものがあるから……たぶんマンガ。

所々棒人間になってるしキャラクターの表情も記号的にしか描かれていないから殴り書きか

もしれないけど、見た感じ……マンガの設計図っていうのかな。

（こっちが主人公でこっちがヒロイン……バトルマンガっぽい展開だ）

鉛色の線で書き殴ったマンガを読み進めていると不思議とワクワクしてくる。手描きのマンガを見たのが初めてだからか？　胸が弾むような高揚感、早く読み切りたい。

そんな気持ちは意図せずに突然やってきて現実を突きつける。

「……これで終わり!?」

激しい剣劇の果て、いよいよ核心に迫るマンガは中途半端に終わっていた。

嘘《うそ》だろ……？　続きはどこにあるんだ？　早く読ませてよ！

「先生」

「なーにー？」

「これの続きどこ」

「続き……？　へ、続きって何、って……あーっ！」

手の中にある紙束に気付いて驚く。ガスコンロを使っているキッチンが暑いのか赤くなった顔で菜箸《さいばし》を持ったまま焦りだす。

「ど、どど、どうして……それをっ!?」

「読みたいから」

すると今度は目を丸くした。なんだよその顔。俺、変なこと言ったかな。ラフに描かれたマンガは純粋に面白かったから最後まで読みたいって思うのは当然じゃないのか?

「つ、続きは……ウェブで!」

「ウェブにあるんだ」

「ありませんすみませんっ!」

無いのか……。せっかくここまで楽しんだのだから、どんなふうに続いたり終わったりするのか気になったのにな。少年マンガの見せ場で真っ白じゃ、生殺しだ。

「ごめ! いや、その、それね……考え無しに手慰みに描いたっていうか……ぁむぅぅ~!」

なんだその奇声。もしかして恥ずかしい……とか? って、それは無いか……仮にも元マンガ家だからな。照れてちゃ出来ない仕事だろ、こういうの。

「ご、ごめんね……ただの落書きだからオチまで考えてなくて……」

へ? これが落書き? 教職に就く前はどこでどんなマンガを描いていたのかは知らないけど、いまでも十分戦えるじゃん。

「うう~っ恥ずかしいぃぃ~って、あァー! あっ! お素麺《そうめん》吹きこぼれてっ熱ゥー!」

騒がしい人だな……。中途半端に終わったマンガの展開が気になって仕方ないけど、続きが無いなら諦《あきら》めるしかない。

それよりも、先生のマンガが意外にも面白いという事実に気付いてしまったから、他の作品は無いのか聞いてみたい。この人のマンガがもっと見たい。

「他は？」

「え、え⁉　なななっないよー！　全部実家に置いてきちゃったからね〜！　えへ、へ」

　大鍋から茹《ゆ》で上がった素麺をステンレスのザルにあけて、流水で洗いながら照れくさそうにしている先生はどことなく嬉《うれ》しそうだ。

　なんでだろ？　褒《ほ》められたから、とか？　そりゃ、このマンガは面白かったし、他にもあるのなら見せてほしいって思うけど。

「えへへ……へへっ。褒められちゃった……♪」

　なんだか、めっちゃくちゃに喜んでるような気がした。

　いまもカチャカチャと食器を用意する音に鼻歌が交じって嬉しそうだし……そっか、褒められるって嬉しいんだよな。鼻歌交じりに素麺を盛り付ける先生は見るからにご機嫌だった。

「完成〜冷やし素麺二人前〜♪」

　ガラスの鉢に盛り付けた素麺を持ってこちらに来る先生。キャラクター物の小鉢に注がれた素麺汁が配膳されると鰹と醤油のいい匂いが食欲をそそった。

　小皿にはショウガとミョウガの千切り、小口ネギと……煮含めた椎茸？　素麺鉢にはミカンの剝《む》き身と真っ赤なサクランボが飾られていて賑《にぎ》やかな見た目だった。

「それじゃいただきましょうっ！　はいっ、いただきまーすっ」

「いただきます」

氷水で冷やされた素麺《そうめん》を薬味の入った麵汁でチュルっといただく。椎茸のうま煮もぎゅっと嚙《か》みしめると染みだす甘味と旨味《うまみ》が麵汁に合う。

「おいしい？」

「うん。美味《おい》しい」

チュルチュルと啜《すす》る夏の風物詩。ベランダから差し込む優しい日射しと蟬時雨《せみしぐれ》。

「夏休みはおうちに帰ったりするの？」

なんとなく先生が聞いてくる。

「んー……まだ連絡してない。そっちは？」

「帰るよぉ〜お盆休みにね」

「そっか。夏休みも仕事だもんな」

そうなんだよねーと苦笑いをして素麺をチュルンと啜る。教員ってのは学生がいなくても出勤なんだと知ると大人とは大変なものなのだと労《ねぎら》いたくなる。

「まあ私は有休消化もねじ込んでるから八月は割りと自由なんだけどね」

請けもっている部活も無いし、学校の方針で連絡用のグループメッセージに顔を出すのはよっぽどのときだけだし、だから他に比べて幾分楽なんだけどねと苦笑いする。

「そうそう、そういえばタブレットを買ったじゃない」

「スマホのときのか。どう？　活用できてる？」

「鷹空《たから》くんが言ってたみたいにマンガを描くのに適してるみたい。だから勉強してみよっかな……って」

へぇ。教え子の受賞で悔し泣きしていた頃に比べたら成長したんだ。

「で……。その、ね……タブレットを使うなら、もう一度描いてみようかな……って」

「……それって」

マンガを？　その言葉が顔に出ていたのか先生は焦ってフォローを入れる。

「と、といってもタブレットが使いこなせたらいいな〜っていうのが本音だからっ、マンガ自体は描き上がらなくてもいいっていうか！　せっかくだから、新しい画材？　にチャレンジしてみる目標っていうのもいいかなって思っただけで……っ！」

捲《まく》し立てるような早口で言い訳しなくてもいいのに。

ああ、でもタブレットに挑戦するだけのことでも大きな変化なのかも？　それでもタブレットを通じてマンガを描いてみようだなんて気持ちになるなんて格段の進化だ。

白河《しらかわ》さんの吉報に凹《へこ》んだことで、再び描きたいって気持ちになったのかな。さっきのマンガは手慰みとは言っていたけど出来は良かったし、いっちょ焚《た》き付けてみるか？

「いいんじゃない。さっきの面白かった」

真っ直ぐに見つめて感想を伝えてみる。

「ほ、ほんと……？」

「うん。性に合ってると思う」

「にゃあー！」

ボンッと音がするような赤面。ぷるぷる震えながら視線を外して、グッと拳《こぶし》を握る。

「やったぁ～！」

拳を突き上げて喜んだ。そんなに嬉《うれ》しかったのか。

(むしろマンガを描くことを肯定してほしかった……とか)

なんだ、諦《あきら》めてないじゃん。喜びを隠しきれずにはしゃぐ姿に、俺まで楽しい気分になってくる……なんていうか表情が弛《ゆる》んでくる。

誰かが楽しそうにしている空気ってつまらないことだと思っていたのにな。

「どうせなら完成させて投稿したら？　白河《しらかわ》さんみたいにさ」

「うむ……っ!?　そ、そうね……少年マンガは投稿すらしたことないし、ならば少年マンデーに……？　いやいやいや！　いきなり王道狙いすぎだよー……っでも、むむむっ！　人生は一度きりだし……初回から本命狙いでも許される……？　でもっ、もしも……なんてっ！」

どんな未来を想像したのか頰《ほ》っぺたを真っ赤にしてはしゃぐ先生が面白い。マンガのこととなるといろんな表情を見せてくれるからな。

悩みながらも楽しそうに見えて、将来の希望や夢、やってみたいことがある人って、こんなに生き生きしているんだと思うと……。

（なんだろう。なんか、羨《うらや》ましい）

偶然目にしたマンガを読んだ俺が「続きを見たい」と伝えたことがきっかけになって、新しい未来を受信した東雲《しののめ》先生はキラキラしていた。

俺の意図なんて伝わって無いから、だろうけど……。「あのね篠森《しのもり》くん」と先生が俺に向き直る。

「もし、私がマンガを描くのなら……ちょっぴりお願いしたいことがあるの……っ」

なんとも云《い》えない恥ずかしそうな顔でお願いをしてくる二十八歳。マンガを描くにあたって俺にしてほしいこと……なんだろう？　原稿中のパシリとかかな。

「別にいいけど」

「ぬぁー!?　二つ返事で了承しないで～まだ何も言ってないでしょぉぉ……」

そうだけど、特別聞かなくても俺が叶えられる範囲ならなんでも良いかなって……。それとも、ふたつ返事だと困るようなことをお願いするつもりだったのか？

「具体的に詳しく」

「ぐ……っ！　え、えっとね……その。お……ん……ぇん……とか？」

「怨念《おんねん》？」

「応援っ！」

力を貸して助けたり、仲間として加勢したりするって意味の応援？　漠然としすぎてる。

「応援って『がんばれー』みたいな？」

「う、うん……声掛けも嬉《うれ》しい。でも私がしてほしいっていうのは……」

赤らめた顔が俺を見る。言語化するのに多少時間が掛かっているのか、ぽつりぽつりとぶつ切りに先生はお願いを伝えてきた。

もしも、いつか。私がマンガ家に戻りたいってなったら。

それは私が教師を辞めるって選択に出会《でくわ》すと思うの。私はいつも考えてしまう。だって、教師の立場でマンガを描くってことは、いつかは教師を辞めたいから？　という疑問が付きまとってくると思う。教師が嫌になったらマンガに逃げるだろうし、その逆もあるかもしれない。だから、何が言いたいかというと、マンガを描くために立ち止まることもあるだろうけど、そのときは……頑張れって応援してほしい。

「……私の秘密を唯一知っている篠森《しのもり》くんだから」

そっか、と俺は彼女の顔を見つめ返した。そして素直な気持ちを唇に乗せる。

「オタクは隠すような趣味じゃないけど」

「わ、分かっておるーっ！　分かりつつも隠したい年頃なのでごっざっるっ！」

顔を真っ赤にして否定しなくてもいいだろ。アニメオタクぐらい……と笑ってみせる。

先生いわく社会通念上サブカル趣味は隠して生きるというのがポリシーらしい。

「気にするようなことじゃないと思うけどな」

好きなことを隠して生きるのって大変そうじゃん。だけど、まぁ、元マンガ家教師って過去が俺たちふたりだけの秘密ならそうするか。

先生のお願いは進捗《しんちょく》が遅くなっても応援してほしい……っていうか、作品が完成するのを待っててほしいって感じだから俺も構えずにそうしようと思う。

この人がいつか対峙《たいじ》する運命の選択肢をこの目で見るためにも必要不可欠だろうし。

（応援する側がこんなどす黒い理由でいいのかは置いといて）

いつか最強安定職を捨てるという選択肢の前でたじろぐ彼女を特等席で見られるのなら、俺は行く末を見守りたい。安定を捨ててまでハイリスクに挑めるのかってさ。

「いいよ。応援ぐらいならしてあげる」

「にゃははっ！　なんか昔を思い出す気分でござるよ～」

昔？　と聞き返すと先生はマンガ家になるより前のアシスタント時代と答える。

「職場の担当さんがね、すーっごい寡黙な人でね～いつもどっしり構えてて怖いな～って思ってたんだけど、先生の進捗が悪くてデッドの締め切りまで時間が掛かった頃……」

口数の少ない強面《こわもて》の男性編集だったから、女性だらけの職場は謎《なぞ》の緊張感に包まれていた。

もうこれ以上は印刷所が待てないなんてデッドに完成したマンガ原稿を、東京から遙々《ようよう》飛行機で駆け付けた担当編集に渡したとき……私たち、怒られるって思っていた。

それなのに彼は先生を真っ直ぐ見つめて「お待ちしてました」と初めて笑ってくれた。

「その時思ったの。ああ、担当さんってマンガ家の作品が必ず完成するって信じて、いつまでも待っててくれる存在なんだな〜って。そこからかな、私が真剣にマンガ家を目指したの」

そこからアシスタント先の先生が執筆する少女マンガ雑誌社に投稿して受賞した。担当さんから送られてきた初めての掲載誌を見たときは嬉《うれ》しすぎて、下宿の子たちに見せにまわったとか……嬉しそうに話してくれる。

はにかむ笑顔の思い出に、俺がそういう人間に？　なんて思ったけど、無理か。そこまで完璧な善人になれる素質が無い。

「取り敢《あ》えず、受賞《ゴール》とするラインは雑誌掲載って感じで進めようか」

「え、ちょ……！　気が早いよ!?　まだネームすらできてないってば〜！」

ネームってなんだっけ？　聞いたことはある……えーと、確か……アイデアをまとめた設計図みたいなもの。あ、そうだ、マンガの素。書き殴りのこれがネームか。

「ん？　このマンガは使わないのか？」

「うんっ。誰かの借り物じゃ二次創作だもの。私は私が創ったオリジナルを描く、そのためにはプロットを起こして、そこからネーム。ココが一番難しくて一番大変」

そうなんだ。先生はネームを描く前に大筋をまとめたプロットというものを用意すると話してくれる。

プロットっていうのは描きたい設定や物語の柱を立てて、その作品に相応《ふさわ》しいキャラクターを準備して、マンガの肝となる部分を煮詰めていく重大な作業らしい。

　俺は創作しない人間だから気付かなかったけど、ある程度まとまった整合性のあるストーリーを描くためにもプロットが必要なんだと納得する。

　なんか料理みたいだ。材料《プロット》を揃《そろ》えて料理《マンガ》を作るための献立《ネーム》を確認する。献立に間違いがあると材料が足りなかったり余ったりしちゃうから、材料の準備から手を抜いちゃ駄目なんだな。

　先生はどんな作品を生み出すんだろう？　思わず質問してみる。

「それよっ！　ギャグかバトルかラブコメか……舞台も現代かファンタジーか……悩むぅ！」

「その中なら何がいいの？」

「そうねぇ……。マンガ家たるものバトルは憧《あこが》れるけど絵柄的にラブコメ？」

　バトルが描きたいわりにはラブコメで落ち着こうとするんだ？　それはどうしてなのかと理由を聞いてみた。

「んー……マンガって不思議なもので、描きたい作品と描ける作品ってかけ離れてるのが常なのよねぇ……得意不得意ってあるじゃない？　それに作風も今っぽく寄せなきゃだし。あ、でも、自分の作風で楽しいに全振りして描くっていうのも……うむぅ～悩むぅぅ～」

　そのほうがいいんじゃない？　と素人《しろうと》考えだけど返してみる。だってマンガって長丁場って感じがするじゃん。

　プロットからネームを作って、下描きだろ？　そんでペンを入れて、今度は影やら背景やらで完成までに時間が掛かる。その作業が苦にならないようにするには、まずは楽しんで描くのが一番なんじゃないかな。

まぁ、これは勉強に置き換えてみただけ。日々の勉強も嫌々でやっていると知識を増やすどころか疲労だけが蓄積していくだろ。

このぐらいなら俺でも想像つく。となると出版社の人も同じ事を言うんじゃないかと。

(アドバイスって感じじゃないけど、これも応援みたいなものかな)

素人《しろうと》考えの余計な一言かもしれないけれど。それでも俺の応援でマンガを描きたいって行動をしてくれるのならいいのかな？　俺ができることが他にあるか分からないし。ビシッと最適なアドバイスができればカッコいいんだろうけど、これ以上は何も思いつかない。

だから変に捏《こ》ねくり回さずに聞いてみる。こういうときはどんな言葉がほしい？　と。

「ん？　そうねぇ……私の意見を肯定してもらえるのは嬉《うれ》しいけど、私を優先しすぎて汲《く》んだり察したりするよりは篠森《しのもり》くんらしい視点での言葉を聞いてみたい、かな」

そんなのでいいの？　だって素人の言葉だぞ？

「それでいいのじゃ～頼むよぉ～」

そっか。これから先生がバトルを描くのかラブコメを描くのかはまだ分からないけど、頑張っている先生を応援する俺に求められるのは、自分らしく在ることらしい。

「分かった」

俺が出来ること。疲れたら労《ねぎら》って凹《へこ》んだら慰めて適当に相槌《あいづち》を打つことぐらいしか無いし、口を開いても為になる言葉が出てくるか分からない状態だろうけど……そんな応援でいいのなら《俺らしく》そうするか。

鬼コーチみたいな熱血指導はキャラじゃないし。様々なデータから売れ線を推測する頭脳派プレイをするような素地も無い。それでも先生がしてほしい応援ってものが出来るように頭を捻《ひね》ってみるか。

最後の素麺《そうめん》をチュルンと吸い上げ空っぽになったガラス鉢の底を見る。

「ごちそうさま」

「はいお粗末様でした。明日までテストだから帰ったら勉強よ～」

「夢と現実の切り替えが早すぎない？」

「そりゃ教師なんだも～ん」

そう言って最後の一口を胃袋に収めた先生も「ごちそうさま」と食べ終わった。俺はご馳走になるだけで帰るのも気が退けるから洗い物ぐらいはしていくと立ち上がる。

「あははっ！　気にしない。さあさ帰って勉強！　篠森くんには期待してるよ～♪」

「平均点の底上げ要員なら期待しないでね」

「あはっ！　バレちゃったい！」

苦笑する東雲《しののめ》先生は教師の顔に戻っていた。俺としてはもう少しマンガの話を聞いていたかったけど、学生はテスト勉強しに帰りなさいと玄関まで見送られてしまった。

仕方ない。このお礼はテストの点数に反映させるか。

（一学期の出題範囲なんて限られているから楽勝だし）

普段の授業さえしっかり聞いていれば勉強いらずのボーナスゲームだからな。それじゃ早速明日の課目を攻略するかと家に帰って復習に取りかかる。

細かく挟んだ休憩でタブレットを使ったマンガ制作を予習しながら。

……自分の人生を動かすには多大な努力が必要だけど、他人の人生を大きく変えるにはそれほど労力は使わない。

動き始めた東雲和々花《しののめののか》のサイドストーリーを攻略して、いつか必ず現れる運命の選択肢を目にしてやろうと企みつつ、俺の一学期は過ぎていった——。

＊

都会の夏は蒸し暑い。とにかく暑い。

正門から上野公園へと続く並木道は満員御礼の蝉時雨《せみしぐれ》。これだけ盛大に求愛大絶唱《コール》をされちや、梅雨も完全に終わりだなって空を見上げた。

「あっちぃ……」

汗で張り付く制服。駅前のファミレスで同級生と夏休み突入記念のランチを済ませた俺は、ポケットからスマホを取りだしてメッセージアプリを開いていた。

《和々花》
買い物に付き合ってくれるかな？

東雲先生から届いたメッセージにパンダのスタンプを貼る。ＯＫの返事だ。

夏休みに入れば教員の仕事はかなりゆるくなるようで、今日は十五時に上がれると連絡が入っていた。

早めのランチで入ったファミレスは混み始め、クラスメイトたちに二次会でカラオケに行こうと誘われていたんだけど……先生と過ごす時間を優先させるためにも断った。

そして今はパンダ改札付近の待ち合わせ場所を目指しているのだけど……。

(下の道を選ぶべきだった)

だだっ広いぺデストリアンデッキに日射しを避ける屋根は無い。こんなことなら現地集合にすべきだったか？　と後悔したが女性の買い物がどのビルに該当するか分からずにパンダ橋前改札で待っているなんて送ってしまったのだ。

「あつい……」

ジリジリ、ジリジリと照りつける太陽は夏本番を感じさせる。買い物に付き合ってほしいなんていうけど何を買うのだろう。

(そもそも男が付き添う買い物って？　継母《ままはは》さんは……服だったけど)

一緒に暮らす前。父さんと出掛けるから服を買いたいと言われて付き合ったことがある。男と一緒だと服選びに気合いが入るとかなんとかだったけど……え、まさか服選び？

(レディースファッションなんて分からない)

万が一服として、この季節って何を買う。浴衣？　はたまた水着？　……水着!?

「いやいやいや無いって……」

「何が？」

「水着なわけ……ってギャッ!?」

独り言に飛び入りしてきた声につい返事しちゃったけど誰だお前は……ッ!?

「お待たせさ〜ん」

「せ、セン……」

ビックリした……心臓がバクバク跳ねてる。この人いつから隣にいたんだ。

「篠森《しのもり》くんも今？」

「え、あ、うん……そんなとこ」

　時計の針は十五時五分。実は十分ほど待ったなんて言えないけど、涼やかな香りをまとった先生と落ち合えた俺は先ほどの話題を流すためにも先に歩き出した。

「どこに行くの？」と後ろを歩く先生に話し掛ける。

「目の前のビル」と日射しを手で遮る先生は返す。

　そうか、目の前のビル……。確かここは化粧品やレディースファッション、女性受けのいいバラエティショップが入っているショッピングモールだよな。

（ってことはやっぱり服を？　浴衣なのかそれとも……!?）

　水着だったらどうしよう。似合う似合わないのラインが分からないぞ。

「ここを右手に曲がるとビルに直結してるから」

「あ、う、うん……」

　その後もパタパタと胸元で手を扇ぎながら「暑いねー」なんて話し掛けてくる先生だったが俺の胸中はこれからの展開を想像すればするほど複雑だった。

　いろんな方面へと延びたペデストリアンデッキの道は確かに目の前のビルの二階に直結していて、重たいガラスの二重扉をくぐるとエアコンの涼風が全身を包み込んできた。

「エアコン……エアコーーン……文明の利器ィィーーッッッ！」

　あまりの涼しさに勝利のポーズを決める先生は子どもっぽい。この人、こう見えて教師なんだよな？　なんて確認してしまう。両腕を突き上げるポーズも何か思い出す……あ、あれだ。

「レッサーパンダの威嚇《いかく》か」

「ピキュイ！」

熱気に蕩《とろ》けた体も冷風でクールダウンして徐々に輪郭を取り戻していく。

「すんズしいぃぃ〜！」

店内入り口で目的のすべてを終えたような恍惚《こうこつ》フェイス和々花《ののか》。表情が弛《ゆる》みきったまま全身でエアコンを感じている姿は面白いけど、声を掛けないとこのままずっと涼んでそうだ。

「それで、どこ行くの」

「五階のステーショナリーにね。画材を買い揃《そろ》えたくて」

「画材って、この間のタブレットは？」

先生が買った高性能のタブレットでマンガ制作ができることは勿論《もちろん》知っている。

「チッチッチ。遅れてますな〜篠森《しのもり》殿はぁ〜」

なんだなんだ余裕マウントか？　タブレットって画材を手に入れたはずの先生はニヤニヤと笑みを浮かべながらエレベーターへと直進する。

（マンガに必要な道具は全部タブレットにあるのにどうして画材なんか……）

チン♪　とベルが鳴ってエレベーターが五階フロアに到着すると、陽気な雰囲気で筆記具コーナーに向かって歩いて行く。おいおい、置いていくな。

「ヒャー！　こんなお洒落《しゃれ》な店にマンガ画材があるとはねぇ〜！」

この店はステーショナリーやギフト雑貨を中心に、小さいながらもマンガ画材のコーナーがあるらしい。

投稿専用の原稿用紙や羽で作られたホウキ。グニャグニャと曲がる定規に様々な模様が描けるテンプレート。でもこれらすべてもタブレットのマンガ制作アプリに入っているのに？

一体全体、何を買いに来たというのだ？　と先生の視線の先を追う。

「ん？」

木製の軸に金属のペン先を取り付けるタイプの付けペンを見ている。そのカタチはマンガを読んでいるとたまに出てくるマンガ専用のペン……のはず。

「コレ！　お気に入りのペン軸もあるし幸先いいわぁ〜」

先生が喜んで手に取ったのはアナログマンガを描くときの付けペンと原稿用紙だ。

（原稿用紙もペンツールもアプリに収録されているのに？）

どうして必要なのか理解できなくて疑問ばかりが増えていく。手描きでマンガを描くのならタブレットは最初から必要無かったんじゃないか？　って。もしかして無駄な買い物をさせたかな？　なんて微妙な気持ちになってしまう。

「どしたの篠森くん？」

「ん、いや……手描きなんだって」

「うん。タブレットで何度か線を引いてみたんだけど上手くできなくてね。私はアナログが長かったから線画まではこっちのほうが早いみたい」

いわく経験が物を言うペン入れ作業まではアナログでやっつけるほうが時間短縮になっていいらしい。

それでも紙の原稿だとデータに取り込むのも大変なんじゃないかって口を挟んでしまう。

「私みたいに途中までアナログで進めて仕上げだけデジタルって作家さんは多いみたい」

そうなんだ。どうやらネットにも疎《うと》かった先生は、感覚が近そうな環境でマンガを執筆しているマンガ家のＳＮＳやブログを参照したらしい。

（自分から調べたんだ）

ちょっと不思議な感覚だった。探したい情報なんてサーチエンジンにキーワードを打ち込めばいくらでも出てくるけど、先生が積極的に検索したっていうことに驚いてしまったというか。

（前向きにマンガを描こうとしているんだ）

彼女とマンガの関係はネガティブなイメージが先行していたけど、俺が思うほど抱え込んでいなかったのかもしれない。

それに今もこうしてマンガを描くための画材選びを俺に付き合ってほしいなんて言ってくるところとかを考えると……俺が想像しているよりも前向きに進行するのかも？

「ねぇねぇ篠森《しのもり》くん！　見てこれ凄《すご》い！」

「ん、えーっと……万年筆？」

「万年筆タイプの付けペンなんだって！」

これならインク瓶《びん》をひっくり返すこともないし、カートリッジになったインクも売っているから便利だなと感心している。

「使ってみたい？」

「うーん！　耐久性によるかも」

「早々壊れたりするの？」

「ペン先がね。私だと三枚で一本が駄目になっちゃうの」

たった三枚で？　頑丈に見える金属製のペンだけどそんなに早く壊れるものなんだ。

そう思うと先端が交換できない万年筆タイプは大量生産には向かないのかも。

「ペン先は実家から持ってきてるけど枠線マーカーは乾いちゃってるかもだし……買うか」

どうしてペン先だけ？　と思ったけどガラスケースに陳列された丸ペンは百本入りで一万円を超えていることに気付いて納得してしまった。マンガを描くって大変なんだ。

「ペン軸とインクはゲットしたから枠線マーカーを見に行こー」

その名のとおり枠線を引くためのマーカーだと思う。マンガは墨一色なんだから使い回せばいいんじゃないのか？　と聞きたい気持ちで後ろを付いていく。

「マーカーは硬さやしなりに違いがあるから……君しかいない！」

先生が手に取ったのは灰色のボディの海外製。学生が使う程度の文房具しか知らない俺から見ると初めて見たマーカーだ。

だけど絵を描く人たちには有名なのか手描きの宣伝ポップに「製図、ポップアート、イラストやマンガに大人気！」と書かれていた。今もアナログで描く人が多いってことか。

「八ミリと四ミリと二ミリを三本ずつでいいかな」

「買いすぎじゃない？」

「ケチると深夜に限ってインク切れするのよ」

先生は陳列棚の端っこに積んであった小さなカゴにマーカーを入れて、次は修正液が欲しいと移動していく。

「あった！　これこれ筆タイプ！」

「修正液？　筆……？　修正テープじゃなく？」

昔から馴染みがあるのは真っ白なテープを貼り付けて修正するタイプだ。修正液、だなんて乾くのにも時間が掛かりそうだし。

「テープも便利だけどマンガやイラストには筆タイプが大正解。線の修正だけじゃなくて輪郭や瞳にハイライトを足せる影の主役！　修正液なしで仕上がるマンガは無いっ！」

そうなんだ。そこまで真剣にマンガの絵に注視したことがなかったから知らなかった。いわく、繋《つな》がった線を途切れさせることにより軽やかに見せたり画面に空気感を含ませる効果に使えるらしい。

「さてと、ペン軸にマーカー、修正液が加わったからこれで終わりかな」

念のためとスマホをタップして買い物リストを表示させる姿を横目で見ながら、原稿を描くのっていろんな道具がいるんだなって思う。

「影の網点はタブレットで貼るの？」

「うん。トーンの切り貼りが簡単でデジタルって凄《すご》いって思っちゃった」

それに網点のシートを一から用意するのが大変なんだと苦笑いしながらレジに向かう。平日真っ昼間のステーショナリー店は空いていて三分と掛からず会計から戻ってきた。

「さてとっ！　ミッションクリアなりっ！」

興奮したら喉《のど》が渇いたねと地下一階まで降りてきて先生の奢《おご》りでスムージーを飲む。この後はどうするの？　と聞いてみるとコスメショップで買い物をしたいと言ってきた。

さすがにそこは興味の範囲外だったから俺は帰るよと告げて解散した。

モールに直結している地下道から外に出ると夏真っ盛りの太陽は高い空で輝いていた。

「あちち……」

高校生はこれから九月まで休みをエンジョイするけど、教師は変わらず学校に出勤するのかと思うと大人って大変だ。

先生は定時近くにあがれるし土日はほぼフリーだから作画をそこに当てたいっていう感じらしい。

そのためにも頑張らなくちゃね、なんて笑っていたけど仕事を頑張る理由が仕事を辞める理由になる日がくるのか……と思うと微妙な気持ちになってしまう。

でも、もしもマンガを描くことで不安定な夢を取り戻そうとしてくれるのなら……って期待が大きい。

願うならば教職という安定を捨てて不安定な未来を勝ち取ってほしい。

俺の中で燻《くすぶ》っている感情は、彼女自身の選択で自ら道を踏み外して欲しいなんてアウトローなものだけど……人生を変えるような大胆な決断をしてくれるという期待が強い。

（こんなこと望まれても困るだろうけど）

先生の秘密と本音を知っている俺だから見られるかもしれない運命の選択肢。

（あの人に正しいカタチで選んでほしい）

他人の意見に左右されず自分の手で掴《つか》み取った自由な生き方はどちらだろう？　悪趣味極まりない動機だったけど、今では純粋に彼女を応援したいという気持ちに傾いていた——。

＊

夏休み初日。七月第四週の土曜日の朝。

《鷹空《たから》》
おはよう

布団の中でニュースサイトを見ながら返事を待つが返ってこない。今日はオフだからマンガ制作に時間を使うと言っていた先生はまだ寝ているようで再度メッセージを送る。

《鷹空》
おはようございます

五分経過したところで既読マークが表示された。スタンプもメッセージも何ひとつ反応がなくて最終手段の通話ボタンをタップする。

ポッポポッポッ……ポロロンッ♪　ポッポポッポッ……ポロロンッ♪

呼び出し音が鳴り始めるとスマホをスピーカーにして枕の側に置く。こちらもゴロ寝だけど目が開いているだけ優秀だ。

呼び出しのメロディが四周目にはいり五周目六周目でそろそろ切れるか？　と思った時、眠そうな声に繋《つな》がった。

「ううぅうぅあぁぁ、んむっ……らむれみゅむるむるるー」

「日本語で」

「ふにゃろもむにゃにゃにゃ……んみゃぬ、ぬむあぁぁ〜」

何を言っているのかさっぱりだけど本人も何を発しているのか分かっていなさそうだ。寝ている人に話し掛けている気分だな……。いや、その人に話し掛けているのだから仕方ない。

「土曜だよ」

「めむるもむるぁぁ……もるあぁ……むるぁぁ……」

謎《なぞ》の言語は次第に遠くなりゴソゴソ布団が擦《こす》れる音に呑み込まれていく。

「ぐー……しゅぴー……ぷるるすぅぅ……」

出会ったときからこうだったけど、眠った東雲《しののめ》先生を起こすのは至難の業だ。

スマホ越しに何度か声を掛けてみたけど気持ち良さそうな寝息が繰り返されるばかりで一向に起きる気配が無い。

仕方ない。こうとなれば実力行使。直接起こしてやればいいと通話を諦《あきら》める。

「うめ……ミンちゅ……すぴー」

フローリングワイパーなんかの長い棒で天井を突けば起きるかもしれないけど、築年数的にも防音的にも意味が無さそうだし「突撃」が最良の選択なんだろうな。

ベッドから起き上がってボリボリと背中を掻《か》きながら洗面所に向かって身なりを整える。

ピンポーン♪

インターホンを鳴らして待つ。俺の腕にはコンビニのレジ袋がぶら下がっている。叩《たた》き起こすとはいえ人の家に上がるのだから手土産……ってわけではないけど、朝食の差し入れだ。

ピンポーン……♪

うん？　起きないな……ポケットからスマホを取り出す。メッセージアプリの最後のメッセージには既読マークが表示されているから起きると思いたい。

三度目のチャイムを鳴らそうと思ったとき、リビングと廊下を仕切るドアの音がした。暫《しばら》く待つと玄関ドアが解錠されてドアノブが回る。

「おはよう」

目の前には眠そうな顔。柔らかい猫っ毛が寝癖であちこちに跳ねている。

「んんうみゅ……にゅるる……」

目をゴシゴシ擦《こす》って何かを言っている。まだ寝ぼけてるのかな？

「朝メシ食べよ」

「にゃむ……ぅぃぅぃぉ」

まだまだ眠そうにしているけど顔でも洗えば目が醒《さ》めると声を掛けて部屋にあがる。眠気を引きずったままの先生は洗面所にのろのろと歩いていく。

「お邪魔します」

リビングと一体化した彼女の部屋は程良く片付いている。だけど先ほどまで寝ていたとよく分かる痕跡《こんせき》がベッドに残っていて、まるで羽化した蟬《せみ》の抜け殻みたいだ。

ローテーブルにレジ袋を置いて適当に座ってスマホをいじる。洗面所の流水音が止まって前髪をヘアバンドで上げた先生がフラフラと戻ってきた。

パイル地のセットアップとお揃《そろ》いのヘアバンドだ。女性のルームウェアって小物まで同じデザインの物があるんだなぁ。

「おはにょ……ももりくゅん」

「まだ寝ぼけてるの？」

「あさがよわいだけぇ……ごはんたべたらだいじょぶー」

「だったら早く食べるよ」

ゆるゆると戻ってきた先生は俺の隣にストンッと座る。

対角線とかじゃないか普通？　と思ったけど、俺の対角線には書類や化粧品が積み上がっていて何かを食べるには不向きだったようだ。

「ちょーしょくぅぅ……おぉークロワッサンドぉぉーしゃれおつー」

クロワッサンで作られたサンドイッチを手に取ってふにゃんと笑う。レタスとチェダーチーズ、生ハムのカラーリングが鮮やかで買ったものだ。

「朝からパンとかシティガール爆誕だっぺょ～」

この言葉を聞くに朝はごはん派なのかな？　パンを取り出した袋から紙パックのフルーツジュースを置いて二人の朝食タイムが始まる。

「ふにゅんむぐむぐ……はむんもぐもぐ……」

サンドイッチをパク、パクと二口ほど頬張《ほおば》って食べていく姿はリスみたいで面白い。口の中の水分を奪われるのか頬《ほ》っぺたが膨らんで頬袋みたいになっている。

食事をしている間に目蓋《まぶた》も開き始めてやっと体が起き始めたんだな～っていうのが見て分かるのが面白い。

「コンビニのパンって美味しいよね～むぐっむぐっ」

「食べながら喋《しゃべ》らない」

「……ごくんっ。コンビニのサンドイッチって美味しいよね」

「さっき聞いた」

「りりり理不尽な――っ！」

確かにコンビニのサンドイッチは美味しいと思う。

先生も俺もモグモグと口を動かし今日の予定を確認する。

「それで篠森《しのもり》くんはなんの用だっけ？」

「土曜日はオフって聞いてたからマンガを描かせようと」

顔面に疑問符を浮かべる先生。何か変なことを言ったつもりはないんだけど。

「ね、ネームだっけ？」

「道具も買ったし善は急げって」

そっかぁ〜！　と感心したように腕組みをして、ふむふむと何かを考えている先生。そして目を閉じて何かを考えながら右へ左へ体が傾いていく。

「バタリ」

考えながらラグの上に落ちた。

「ネームかぁぁ〜難しいなぁぁ……っ！」

「バトルが描きたいんじゃないの？」

「確かに能力バトルはロマンだよね〜指先からユピテルサンダーびびびって！」

だけどなー！　と考えあぐねて大の字に四肢《しし》を伸ばす先生。

（腹見えてんぞ……）

「描けばいいじゃん、何を迷うんだよ……」

「好きな物を描くってぇ〜のがっ一番っ難しいっ！」

その言葉の意味を考えても疑問符が止め処《とど》なく溢《あふ》れてくるだけだ。苦手な内容を描くわけじゃないんだし、好きなままにザクザクッと描けばいいんじゃないのか？

「好きだからこそ難しいんだな〜」

「うーん……それがよく分からない」

そうだなぁ、と考えてから俺に対して「ゲーム好きだよね」と聞いてくる。

「好きだけど」

「だったらゲームを作ることも簡単？」

「へ？　ゲームで遊ぶのとゲームを作るのはまったく別の技術でしょ」

「それよそれ。そういうことなの」

この例えを当てはめると描きたいものと描けるものは別ってことかな。自分の感覚でいうならマンガを読むのが好きならマンガを描くこともできるよねって言われているような。たぶん先生の場合はバトル作品が好きだけど描くならラブコメのほうが容易《たやす》いという意味か。

「篠森くんはＲＰＧが好きだよね、冒険のやつ」

「そうだけど」

「ゲームの中でも特に好きなら今すぐ作ることができそう？」

「作品をひとつ作るのってめちゃくちゃ大変なんだよ」

物語も背景も一人の脳みそじゃ考えきれない。そう返すとニヤッと笑う先生。

「マンガ家はそれを一人でやるのですっ」

「そりゃ大変だな……でも待てよ？　論点がずれてないか？」

ネームを描くにあたってバトルかラブコメか？　という話をしていたのに、やたらマンガを描くことが大変だと言うのが分かるが……もしかしてこの人。

「まさか描きたくない？」

「ギックゥ――――……ン！」

合点がいった。まさかのまさかだ。

「正しくは描くためのネタがない？」

「ギギギギックゥ――――……ン！」

困ったな。先日見せてくれたネームでいいから描いてみなよと聞いてみる。

「行き当たりばったりでオチまで考えてないしキャラも借り物だから駄目だよぉ」

うーん……確かにキャラが借り物だと二次創作になってしまうんだよなぁ……。先生がマンガを描きたいという気持ちは分かったけど、そのためのテーマが無い。

「学園ファンタジーぐらいしか思いつかないよぉぉ～！　ぴえんぴえんぴえん！」

表現者として言葉が乱れすぎだろ。一回り年上のくせに。それでも学園ファンタジーなら描けるという言葉に「例えば？」と聞き返す。

「日常に潜む非日常！　平和な学園の裏で暗躍する闇《やみ》の集団ＰＴＡっ！」

「敵対組織がショボすぎ」

「嘘《うそ》……っ!?　悪の軍団ザーマスマダムズだよ……？」

すでに名前ができてる。勢いに任せると何か生まれてくるのかもな……そうなればこの会話もネタを作る一環になりそうだし、いっちょ乗ってやるか。

「学園ファンタジーでＰＴＡと戦うの？」

「魔法学園の……ってことならどう!?　魔法使い養成学園のＰＴＡ！」

なるほど。ＰＴＡを活躍させるために土台となる舞台にファンタジー要素を取り込むか。

「そのＰＴＡは主人公にとって相当なハードルになるんだよね？　ＲＰＧでも序盤からラスボスとの関わりが見えるとプレイヤーにも力が入るっていうか」

「そうね、すると奴らは魔法学園のＯＢね……？　生徒会を掌握していて裏から操っているって感じの……！」

ふたつ返事で構築されるネタは滅茶苦茶だ。このやりとりで何かが実ればいいんだけど……と思いながらも提案と回答を続けていく。

「生徒会の背後には三角眼鏡のザーマスマダムの影！　実は主人公が生き別れた母親だった……！　それが生徒たちにバレて村八分にされる主人公……！　そんな彼に声をかけたのは、かつて学園を我が物顔で蹂躙《じゅうりん》していた生徒会の面々……！」

うーん……。魔法要素が全然出てこないな。

「魔法学園なんだよな……？」

「ハッ！　ならばザーマスマダムは学園ＯＢの伝説の魔女……在学中、学園の地下八十八階に封印した禁断の書を求めて主人公を学園に送り込んだが……さあどうなる！」

次から次へと繰り出されるネタ。取り敢《あ》えずはこのネタを手がかりにネーム作業に取りかかってもらうか。

「それじゃネームにしてみようか」

「えっ？　どうして？」

……ここまで付き合わせてなんの成果も得られなかった。まさかベースになるネタでも無かったという展開に溜息《ためいき》が出る。

「アンタが描きたいのって少年マンガだよな……？」

「うん、でも学園ファンタジーは王道すぎるからこそ奇をてらった設定が必要なのよ！　あと大人から子どもまで楽しめる作品にしたいから複雑さと捻《ひね》りが必要よね……うんっ」

「大人とか子どもとかは読者が決めることじゃない？」

「そ、そうだけどぉ……」

さっきまでの勢いが嘘《うそ》のように口数が減る。難しく考え込んではアレじゃないコレじゃないと頭を捻り、挙げ句のはてには泣き言だ。

「難しいぃ……私どうやってネームを作ってたの……ぉ」

「ブランクがある分、一筋縄ではいかないのは道理だよ」

涙目の先生は食傷気味に睨《にら》んでくる。このまま考えさせてもネームに至るアイデアを出せるとは思えないな……俺がいないほうが良い考えが浮かぶかもしれないし。

どうしても俺自身が創作する人間じゃ無いからアドバイスが出来ない。何かを創る人たちはこういうときどうするのだろう？　俺がここにいても進まないみたいだし。

「帰る。何か思いついたら教えて」

「ううう〜もう帰っちゃうのぉ〜」

勉強に行き詰まったときは一人になって頭を冷やすのが一番だと思っている。先生だって素《しろ》人《うと》じゃなくて元マンガ家だからこういうときの立ち振る舞いは分かっている筈《はず》だ。

「それじゃ。アイデアが浮かんだら教えて、なるはやで」

「え、ええー……なるはや……うぐ、が、頑張りまひゅ……ぐすん」

アイデア半ばに放置は厳しいと思うけど、このままだと何もできずに夕陽を見るハメになりそうで……一度落ち着いて真っ直ぐ考えればでてくるんじゃないかな？

かくして東雲《しののめ》和々花《ののか》のネーム作業がはじまった――。

＊

澄み切った空。どこまでも透き通るような快晴にあれほど憂鬱《ゆううつ》だった梅雨すら今ほどは暑くなかったとマンションの踊り場から空を見る。

夏休みが始まって二回目の土曜日。今回、寝坊したのは俺のほうだった。

お昼を回った頃に訪れた先生の部屋はエアコンが効いていて、ベランダから見える無風の夕オルケットが夏の炎天下にジリジリ灼《や》かれている姿は感慨深いものがあった。

東雲《しののめ》先生はローテーブルに白紙のレポートパッドを開きっぱなしにして、先週と変わりない思考のパズルに難しい顔をしていた。

カランと溶ける氷。汗をかき始めた麦茶のグラス、ふたつ。そして……。

「あぁぁ～！　もう駄目だぁぁ～なんっもっ浮かばないぃぃ～！」

頭を抱えて発狂する高校教師、二十八歳独身。

一週間も経てばさすがにアイデアの一つぐらい出てくるものだと思っていたが、先生のネームは一ミリとて進展がなかった。

(どうしようか……)

今までとここ最近の感覚で分かったことは、この人は誰かがいないと無限にサボりはじめるということ。

そのたびにマンガ家の夢を問いただすも「戻りたいぃぃ……！」と呪詛《じゅそ》めくのだが、現時点で行動と結果がイマイチ結びついていない。

　このやり取りも片手を超す頃には俺も慣れてしまったのか、今では口を出すタイミングを理解するまでになった。

「未来の便利道具が出せる猫型ロボット派遣してよぉぉ〜」

「それはオマージュじゃなくてパクリ」

「トンネル抜けた先が戦国時代だっていいじゃないぃぃ〜」

「そんで御神木に封印された半獣半身の男に出会うネタも聞いたことある」

　どうにかネタの尻尾を摑《つか》もうと古き良き少年マンガから引用するにしても、ベースが有名すぎて元ネタが一発だ。

　万が一そんな作品で受賞でもしようものならSNSが炎上して大変なことになる。

「ネームの時点でこんなに時間掛かってたらこの先どうすんの」

「この仕事はネームができた時点で八割終わるんでスー」

　右手に持ったボールペンをくるくる回して俺に向ける。先の尖《とが》った物で人を指すな。

「八割って大げさでしょ……どう考えてもマンガを仕上げるほうが大変」

「ホントだもーん。知り合いにマンガ家いたら聞いてみればいいですぅー」

　交友範囲の狭い学生にそんな知り合い居ないっての。

　先生は氷が溶けて白い泡がぽつりと浮いたグラスを傾け麦茶を飲み干す。ごっごっごっと良い飲みっぷりに感心する。麦茶だから許されるレベルで。

「ぷはー……っ！　ぬるい……っ！　もう一杯っ！」

「麦茶ならいいよ」

「泡立つ麦茶でもいいかな？」

「真っ昼間から生徒の目の前で飲酒するのか？」

至極真っ当な正論をぶつけてやれば「できませんっ！」と元気な返事。

取り敢《あ》えずネームが終わった時点で八割終わったも同然！　と豪語する東雲《しののめ》先生に現実を突きつけなければならない気がして真っ直ぐ向き直る。

「前回から一週間経過してネームは一コマも進んでいない」

「うぐ……ぅ」

「七月中には終えないと厳しくない？」

「そ、そそそ、それは重々承知しております、ぅぅぅ」

この人は自分に甘い。甘すぎる。社会人として最低限の自己管理止まり。さすがにこのままでは夏休みまでに一本の作品を完成させるなんて無理なんじゃないか？

「期日までに成果を収められるようにリスケしよ」

「りすけ？　ビスケットの仲間の……」

「スケジュールを立て直すの。ホントに社会人なのかアンタ」

「ああ！　夏休みの計画表！」

　発想が小学生か。だらだらと七月を費やしたスケジュールを調えるためにテーブルに投げ出されたレポートパッドを拝借して一ヶ月分の枠線を引いていく。

　数少ない七月の残りと、そこから八月一日から三十一日までの数字を振る。簡易的に作ったカレンダーだ。

「ネームが終われば八割っていうけど実際遅れが生じてる。投稿用の読み切り一本を夏休み中に完成させるとして……明日から二週間をネームに充てる。残った二週間は下描きとペン入れに。仕上げ全般はタブレットだから……まずは八月十三日の土曜日までにネームを完成させる。これでいいかな？」

　作業工程を大まかなブロックに分けて配置する。ネーム作業までの残り日数が明確化されたことにより毎回進捗《しんちょく》を尋ねられることも無くなるだろう。

「ネーム作業は残り十四日」

「そうね……。二週間あればできるかも」

　ネーム作業は仕事をしつつ進行という状態なので二週間用意して、下描きとペン入れ、仕上げの作業を一週間ずつしか設けなかったのは長期休暇を当てにしているから。

「平日が忙しくても週末に飲酒しなければできるよね？」

「い、飲酒禁止……っすか？」

「酒飲んでる暇があるならネーム考えような」

「あ、あう……は、はぁーい……」

飲酒はストレス発散も兼ねているから止めはしない。だけど酩酊《めいてい》して家を間違えるような醜態は晒《さら》さないでよと釘を刺す。

「……ぬぅー厳しすぎぃ」

「厳しくもするだろ。これはアンタの人生を左右するクエストだからね」

「そりゃそうだけど……篠森《しのもり》くんに負担かけ過ぎちゃってないか心配で……」

「アンタのマンガに関与するっていうのはアンタの人生に関わってるってこと」

だから厳しくもするし口うるさいことだって言う。先生のやる気が最初から無いのなら、こんなに面倒くさいことに首を突っ込むなんて考えない。

「う、うぐぐ……」

正論を言ったつもりでもないけど、まさにぐうの音も出ない状態らしい。

「このまま何もしないで夏休みが終わったら同じ日々の始まりだし、この機会をチャンスにできないならアンタ一生そのままだよ」

「うぐぅぅ――！」

おお、刺さってる。めちゃくちゃ悔しいのか唇を尖《とが》らせてむくれている。

「これ以上悔しい思いをしないためにも頑張ればいいんじゃない？」

「う、うう〜！　うっ、ぐ……そう、します……！」

「だったらネームから頑張ろう。教え子にデビューを越されるのも悔しいでしょ」

ありえるー！　と頭を抱えてショックのポーズ。そこから何を想像したのか手足をばたつかせて「それはヤダー！」と悶絶《もんぜつ》している。

今さらながら想像が追いついたようで今は器官に唾《つば》が入り込んで咳《せ》き込んでいる。元マンガ家っていうよりマンガの中の人物みたいだよなぁ……性格とか仕草とか。学校でも割りとドジだけどプライベートになると天然というか危なっかしいというか変わり者っていうか。

（そんな先生の分岐を見るためにも頑張るか）

少し歪《いびつ》な変人同士だからウマが合うのか一緒の時間は苦ではないけど……。

「こうなれば子どもになった天才高校生探偵が活躍するミステリーを描くしか……ッ！」

「見切り発車でパクるな」

「うぎゅ〜ぅぅぅあああ！　才能が来いぃぃぃ〜！」

和々花《ののか》は神頼みを唱えた。何も起こらなかった。そんなテロップが見えた。

……どうしようこの人。マンガを描く以前の問題に思えてきた。

「ふみゅー……描きたいものはコンペに出しにくいからなぁ……」

ん？　そうか……そもそもマンガ家を辞めた原因はネームが通らないってことだったな。

先生のマンガは簡単な落書きでも面白いって思ったんだけどな……。

「どうして通らなかったんだ？」

「重たくて救いの無いシリアスは読者に嫌われるって……めそん」

そうなのか？　俺はてっきりずっしりとした重厚感のあるシリアスが読み応えあって人気だと思っていたと声に出す。

「読み切りは特に読後感が大事だからって編集さんに避けられるっていうか」

なるほど。よっぽどのページ数が無い限りは出版社的に通しづらいネームを持っていくことは難しいのだろうな。

（コンペにも通らないってことはマンガ賞にも通過しづらいよな）

だからって編集部だって馬鹿じゃない。重たいテーマであっても大ヒットしている作品だってたくさんある。元マンガ家だけに絵は申し分ないとすると……内容か。

「いったいどんなネームを……」

「村を焼かれたエルフの少年が出会ったハーフエルフの女の子と手を取り合って仇《かたき》を討つために旅立つんだけど、村を焼き払ったのは仲間だと思っていたその女の子」

「コメントし辛い」

「あぁーん！　やっぱ私には才能が無いんだぁぁ——！」

尺の長いＲＰＧならそのストーリーも許容できるけど、読み切りでそれだと読後感が悪そうだ。たぶん仲間のハーフエルフが裏切ったところで終わるだろうし……作品どころか作家の印象まで下げかねない。

　だけど、そのネームを提出したということは手のひらを返したハーフエルフも何か事情を抱えていたというのが読者としての望みに繋《つな》がるかな？

「ヒロインはどうして村を？」

「え……？　それは、なんだか、インパクトっていうか……」

　んん？　どういうことだ？　思わず眉《まゆ》を顰《ひそ》める。

「まさか理由もなく村を焼いたのか？」

「だ、だって、主人公には重たい過去を背負わせたいじゃない？」

　ん……？　ゲーム作品に置き換えるとクソゲーのにおいを感じ取ってしまう。

「重たい過去を背負わせるために村を焼かせたってこと？」

「え、え、えー……と……そ、そうなん……だけど……ぉ」

　そこから飛び出してくるのは「村を燃やしたほうが絵面的に」とか「一番近しい人物が犯人というのがセオリー」だという謎《なぞ》のマニュアル。

（なんだろうこの違和感……チグハグな感じがする）

　描きたいテーマがある割りにはマニュアル重視しようとしてないか？　自分の中で面白いと思う表現を貫くためにヒット作のテクニックを無理やり取り込んでいる感じ。

　物語のインパクトや絵面の派手さだけに着目しているから本来の設定やキャラの深掘りが間

に合っていないって表現したほうがいいのか。

「どんなに頑張っても没なんだもんね……」

そして肝心の本人がそこに気付いていないというところが問題な気がする。

「なるほどね」

「え!? な、何か重大な気づきが……!?」

たぶん先生の好きな作風って一般的には好まれにくいジャンルなんだと思う。だから作風《アイデア》を通すために小手先のテクニックで世間とのズレを埋め合わそうとする。その足掻《あが》きが伝わってしまって面白みに欠けてしまうんじゃないかな。

我を通そうとする本心と世間とのズレを無くしたい気持ちが違和感レベルの矛盾を生む。

本心の槍《やり》で建前の盾を貫こうとして立つ瀬が無くなるんだろう。その結果、設定や物語が曖《あい》昧《まい》になってしまい見切り発車になる。

(自我を通すか一般受けを狙うか……まるで両天秤《てんびん》だ)

そんな欲に気付きすらしないのは先生の真っ直ぐさが成せる技なのかもしれない。休日はネットカフェでマンガを読み耽《ふけ》っているぐらいマンガという存在が好きなのに、アウトプットするための何かが大きく足りていない。

足りていない部分はきっと設定や物語以前の問題だと思うんだけど……生憎、素人《しろうと》の俺程度にはそれ以上の提案ができないな。どちらかといえばゲーム専門だったし……。

（ん、待てよ……？）

ふと、テーブルの下に置かれていたタブレットに視線をやる。

タブレットの利点は大きな画面でゲームができることだ。俺は先生に声を掛けてタブレットをタップするとアプリストアを開いた。

「あった。これ、六百円だからプレイしてみて」

「え！　ネームも出来てないのに遊んでいいのかな……？」

「オートプレイだから片手間に再生するだけでいいから」

「片手間でいいの……？　でも、遊んでる時間なんて……うむぅ」

今のアンタに足りないのはインプットだ。四の五の言わずにやれと迫る。

素人目に判断して、現状圧倒的に足りないのは詰めの甘さ。見切り発車で着手するから宙ぶらりんで心に響かないストーリーを描いてしまうんじゃないかと思う。

先生のテーマが作品に落とし込めないのは一本筋の通った作品を完走した経験が少ないからじゃないかな。

手慰みに描いたあの日のネームは胸に迫るものがあった。落書きレベルなのにグッときたのを覚えている。だからこそ、曖昧な世界観やキャラの矛盾を埋めてしまえば作品の完成度が上がると思った。

「な、なんだか篠森《しのもり》くん熱血ね……？」

「俺も俺らしくないって思う」

ここまで肩入れしなくてもいいかもだけど、いつかたどり着く運命の選択を見届けてみたいって興味に責任を持ちたいんだ。他人の人生に荷担するなんてバカらしいけれど、このままだと俺と彼女が邂逅《かいこう》する運命の選択肢がいつになるのかまったく分からない。

サポートなんて素人《しろうと》の俺にはできないけど、この目的が完遂できないのも悔しい。マンガ家に戻りたいって本音がどこまで本気なのか俺は見ていたいんだ。

それが先生の人生に首を突っ込んでいるってことは重々承知だ。

マンガ漬けの先生にゲームを触らせて、何を得られるのかはまだ分からない。それでもダラダラと何もしないよりはマシだろう。

「あ、このゲーム知ってる！　サウンドノベル……だっけ？」

「そう。本編フルボイスだからラジオ代わりにするといいよ」

苦肉の策が功を奏するか分からない。だけどマンガ家に戻りたいって気持ちが本当なら、できる限りの提案はしていきたいって思った。

＊

肌を灼《や》く太陽光に負けじと買いに行ったアップルパイを土産に先生の部屋へ向かう。保冷剤が入ってるとはいえ、この炎天下では生菓子の足も早そうだ。甘い物は嫌いじゃないから俺自身も食べてみたいと逸る気持ちで玄関のインターホンを鳴らした。

「はーい」

ガチャ、とドアが開いて出てきたのは先生。いつもとは違う眼鏡姿だった。今までがコンタクトレンズだったなんて知りもしなかったから物珍しさにまじまじ見つめてしまう。

「今オタクっぽいって思ったべさ！」

「眼鏡＝オタクって決めつけは偏見だぞ」

どんだけローカルな感覚なんだろう。それにしてもコンタクトを装着しっぱなしで寝てしまうって朝起きたら充血してそうだ。

「まぁまぁ、立ち話もなんだから上がって上がって」

同じ形のドアの向こうはすっかり慣れ親しんだ部屋って感じるようになった。来客用のスリッパで踏む同じ色のフローリングも先生の家なんだなーって感覚が不思議だ。

穏やかな色味で整えられたナチュラルな部屋は妙に落ち着くし、ネームを責《せ》っ付くなんて用事さえ無ければゆっくりとアップルパイを味わうだけの時間が過ごせそうなのに。

(責っ付く用事が無ければくることもないけど)

頼まれ物のアップルパイを渡してローテーブルの前に座る。

この部屋にはいつの間にか俺専用のクッションが用意してあって、使っていいのかと聞くと

「どうぞ」と返ってきた。こうやって気を回せるところがやっぱり大人なんだなって実感する。

俺が彼女だったら思いつきもしないだろう。

「それでね、あのゲームを少し真似たネームを描いたんだけど」

「へ⁉」

突然のことに変な声が出た。先日渡したゲームの感想でも聞こうかと思っていた矢先でネームが出てくるなんて思ってもいなかった。

夏休み前から取りかかったネーム作業が成果ゼロのままだったから驚きが隠せない。

「いや～面白い作品に触れるとやる気が出るっていうか。終わった世界からの再生って素敵～って気持ちになっちゃってね～」

そう言いながらA４サイズのコピー用紙を渡してくる。一枚じゃない、数枚ある。

「あ……ありがとう」

どうしたんだ？　手指が震えるぞ。胸の奥が熱くなって受け止めきれない感覚に言葉が返せなかった。

（これ、もしかして、感動……なのか？）

まるで担当する作家から新作のネームを預かった編集者の気分……みたいな？

マンガの仕事なんてしたことないけど作家からネームを預かるのって……妙に嬉《うれ》しくて形容しがたい気持ちになるんだな。

いつかは貰《もら》える成果を当たり前に渡されただけなのに、どうしてか照れくさくて勝手に口角が持ち上がってくるから唇を結んでおかないと破顔しそうだし……！

（落ち着けって俺らしくないってば……っ）

ただのコピー用紙なのに手に持つそれはずっしりと重い。これが期待の重さなのかと勘違いしてしまいそうだ。あのゲームの世界観から何を受け取ってどんな物語が広がっているのだろうか？　と紙を見つめた。

そこには世界崩壊から二十年後、退廃した東京の景色が描かれていた。

長い時間の中で風化し砂塵《さじん》と化した高層ビルの数々、拉《ひしゃ》げたスカイツリーと倒壊した東京タワーの中央で少年が一人、空を見上げている……という寂しい世界観を大きな絵で表しているページはネームとはいえ引き込まれる。

東京の地下奥深く、防災地下神殿と呼ばれる外郭放水路からは有象無象に溢《あふ》れ出す異形との戦いの日々が綴《つづ》られ、その中で主人公の少年は背中に翼《つばさ》を持った少女と出会う……。

（荒廃した東京ってテーマは一緒なのに全然違う……！）

教えたゲームを参考にしたとは言っていたけど、背景になる世界が一緒というだけでキャラクターも物語もまったく違っていて胸が躍る。

原作ではコミカルだったテンポはそこになく、初めて目にしたキャラクターに心がシンクロして一緒に冒険しているような気さえしてくる。

まだネームなのにドキドキする……。異形を倒したことで手に入る『紅い石』をギルドに渡してその日の糧を得る主人公は子どもだけで運営される孤児院に帰っていく。

この薄っぺらなコピー用紙の枚数以上に盛り上がる物語。願うならば、この世界観をもっと体感していたくて読み終わりたくないとさえ思う。

「……ごくり」

月の無い夜に強襲される孤児院。翼《つばさ》の少女はここにいる限り罪も無い子どもたちが脅かされると覚悟して別れも告げずに主人公のもとを去っていく……。

外郭放水路でロストする冒険者たち……そして白いゴーレムに捕らわれた翼の少女は自らを終わらせることで混沌《こんとん》を鎮めようとするが追ってきた主人公に見つけられる。

巨大なゴーレム目掛けて大剣ごと特攻する主人公……手に汗握るドキドキのクライマックスだ……とページを捲《めく》ると、迫り来るゴーレムの咆吼《ほうこう》……だけが描かれていた。

「ここで!?」

目を凝らしても続きは無い。ドキドキしっぱしだから生殺しの気分だ！

「続きはっ!?」

まだ描いている途中なんだろ!?　と先生を見ると照れくさそうに頭を掻《か》いた。

「にゃ〜ははは……勢い勢い〜！」

またこのパターンか！　犬が威嚇《いかく》するような気持ちが顔に出てしまう。

勧めたサウンドノベルゲームと世界観は似ていたけど翼を持ったキャラクターたちがコミカルに活躍するのが原作だっただけに、滅ぼされ人類滅亡に追い込まれた地球人サイドを描いたこのマンガが完成していたら公式のサイドストーリーだって信じてしまうぐらいの出来映えだった。

オマージュといえど、まったくの別作品としてクオリティが高い。

（完成していたら間違いなく最高のマンガになっていた）

それなのにどうして未完成なんだ！　と噛《か》みつきたくなる。没頭するほど面白かったからこそ、続きが欲しいと訴えると目の前の女性は眉《まゆ》を寄せて困ったように笑った。

「完成させちゃうと楽しいのが終わっちゃうじゃない……？」

「へ？」

「だから、終わっちゃうと寂しいでしょ？　考えることも描くことも」

そうかもしれないけど呼吸を忘れるぐらい魅入っていた読者の気持ちは残念なんだが？　素直な気持ちを伝えてみると、普段着の先生は瞳を丸くして驚いた。

「そうなの？」

「最後まで読みたかった」

「でも、この終わりは必ずしも良いものじゃないのよ？」

バッドエンドかもしれないよ？　と先生は聞いてくる。

「それでも俺はこのマンガの作者がどうやって終わらせるのかにまで興味はあった」

「うーん……それはきっと鷹空《たから》くんが私という人となりを知っているからだよ」

困った顔で苦しげに笑う。確かに俺はアンタのことを知ってるし、こうやってマンガ制作に荷担している。だけど……と言い返すも先生は持論を放つ。

「ネームって一番勢いがあるから面白いって錯覚するんだよ」

先生の持論《それ》は言い訳みたいに聞こえる。ネームが一番面白いなんて理由でマンガが面白くなるのなら雑誌に載っている作品は全部ネームでいいってことになるだろ。

「それでも面白かった。完成するなら雑誌を買ってでも読みたいって思ったのに」

「ふェ……!?」

目を丸くしてビクッと直立する先生。なんだよそのビックリ仕草……。

「そう……かな？」

「まだ言い訳するの」

さすがに自信がなさ過ぎないか？　これが作品に感化された手慰みのネームだとしても面白かったんだよ。

白いコピー用紙に描かれた乱雑なキャラクターがそれぞれの意志で行動し、揺らぎのない信念で仲間と道を違えようと真っ直ぐに進んでいく生き様を見守りたかった。

この作品を描いた作家が有名なのか無名なのかどうでもいい、幾多の作品の中で奇跡的な確率で魅入られた読者の気持ちを大切にしてほしかった。

「楽しく描けたマンガを終わらせるのは淋しいかもしれない。だけど、このマンガを最後まで読みたかった読者も同じように寂しいって思ってる。終わらせたくない作家の気持ちは大事だけど、最後まで読みたかった読者の気持ちも汲《く》み取ってもいいんじゃないか？」

ポカンとした顔の東雲和々花《しののめののか》。ってか微動だにしない……埴輪《はにわ》の魂でも降臨したか？

「ひゃー……なまらビックリしたべさ……担当さんみたいだなって」

俺は言いたいことを伝えただけなんだけど、手に取った作品が心を動かすほど面白かったんだから最後まで読みたいのは人類共通の意見だと思う。

「褒《ほ》めてくれるのは嬉《うれ》しいけど大げさだよ〜。ほら、私もゲームの設定借りちゃってるから面白いと思ったんだよ」

実際に知り合いだから加点対象っていうのは十分あり得る。それに有名作品の舞台背景を借りている……と言われればそうなんだろうけど、人類滅亡後の物語なんて王道ストーリーは星の数ほどあるんじゃないか？

先生のネームは一般流通している派手なゲームや売れ筋のヒット作に比べたらまだまだキャラクターもメッセージ性も弱いとは思うけど、そういうところをちゃんと煮詰めれば彼女らしい作品になって面白いと感じている。

だから……俺も言い訳がましいけど、何が言いたいかっていうと……。

「最後まで描いてよ」

「え!? だ、だって二次創作だよ……こんなの……」

「感化されたのは分かるけど使用した部分は退廃した東京ってイメージだけだし、世界観を合わせようとして似通った部分は削ぎ落とせばいいと思う」

「そうだけど……キャラも設定も弱いし……」

「だから二人で煮詰めていくんだろ」

夢が詰まったネームを手渡した。先生は未だどうすればいいのかと困ったままだ。

「描くことが楽しかったなら今度は読者を楽しませようよ。俺はアンタみたいに何かを作ることはできないけど、アンタが面白い作品を生み出せるって知ってる」

雑誌に掲載された作品だって作家と編集がそうやって作ったんだろ？ 作家はどんな物語で読者を楽しませようかとネームを描いて、編集者は作家の生み出した作品をフィルターで濾《こ》したり煮詰めたりしながら純度の高い結晶《マンガ》を雑誌に載せるんだろ。

何かを作るのっていうのは、ひとつの事で無限に悩んで同じ事を何度も繰り返す作業なんだと思う。俺は先生のマンガに可能性を感じたからこそ頑張ってほしい……今さらだけど。

……だってさ、俺がアンタを応援する動機は悪趣味なままだから。

だけどネームだけで感動させる作品を描けるんだ。そんなアンタが再びマンガ家として生きると決意しないのがもどかしい。

信じてるんだ。必ず教職とマンガ家の選択肢を選ぶ日が見られるって確信してるんだ。だから俺は「もっと楽しませてよ」と声に出す。

何ひとつ取り柄もない一般人なら教職という安全牌を握っていればいい。だけど、東雲和々花《しののめののか》という人間が握りしめるにはあまりにも小さすぎる。

他人の駒になることで安心していた俺なんかじゃ到達できない、一度の失敗もしていない人生ですら怖じ気づいた臆病者の俺が一生掛かっても成し遂げられない夢を摑《つか》んでほしい。

「先生なら出来るから」

ぎゅっと拳《こぶし》を握る。この気持ちが応援なのか分からないけど、東雲和々花って人間をマンガ家にしたいという気持ちは本物なのだと思う。

「そ、そこまで応援されちゃうと……引っ込みが付かなくなるのだが？」

相変わらず困った顔をしているけど、左右の口角がニンマリと持ち上がっている。期待をプレッシャーと思わず、むしろ挑戦的に笑ってみせる姿に憧《あこが》れのような気持ちを持ってしまう。

「まぁ、めんこい教え子が読みたいっていうなら頑張っちゃうしかないかにゃ〜っ！」

「うん……っ」

「したっけ期待は駄目だからね！　世を忍ぶ仮の姿は教師なんだからっ」

「ははっ……程々にしておく」

　こっちまで口端が持ち上がってしまうのを悟られないようにクールぶっておく。素直になれない俺を見て笑う先生の笑顔は、快晴の夏空に似ていた。

「さてっ！　マンガもだけどアップルパイ！　特別なティーポットで紅茶淹《い》れたげる♪」

　ウキウキと背を向けた彼女に視線を向ける。想いの丈を伝えたわけじゃないけど、なんだか肩が軽くなったっていうか安堵《あんど》してしまったのか、ふっと溢《あふ》れるように笑みが出る。

（こんなふうに笑えるんだ俺）

　惰性で高校教師をやっている先生が手放した夢をもう一度摑《つか》みとる姿を見てみたい。最初はどす黒い感情で始まった気持ちだったけど、ほんの少しだけ浄化されたかもしれない。

　他人の人生を観測して口を出すような悪趣味な行動を経て、いつの間にか夢に向き合って頑張ろうとする姿に清々《すがすが》しい気分だ。

　いつになるのかと待ち侘《わ》びたネームを手渡されたときの重みと、純粋に嬉《うれ》しかった気持ちはこの先何年経っても忘れないだろう。

　誰かを喜ばせるために何かを頑張るって行動に、胸がいっぱいになる。生まれて初めて感じた幸せという感情は大切な思い出になった。

（こんなこと死んだって言わないけど）

　こんな感情を先生に気付かれたら恥ずかしさで死んでしまいそうだし。だけどいま俺はとても幸せなんだと思う。待ってて良かった、と。

「篠森《しのもり》く〜ん紅茶はキーマンでいい〜っ？　濃厚なバターとお砂糖のマリアージュには……キーマンのストレートがベストってね〜♪」

ティーカップとソーサーを用意しながらお湯を沸かす先生がウキウキしているのが伝わってきて、自分まで上機嫌になってしまう。今だけは表情を弛《ゆる》めてもいいよな？

紅茶のいい匂いが部屋中に広がって温かい紅茶が用意された頃……俺たちはブランチ代わりのアップルパイを食べ比べし始めた。


「はぁ〜お腹いっぱい」


二杯目の紅茶はアイスティーでいただきながら、あのネームがもしも完成したら？　なんてたぬきの皮算用に花を咲かせる。もしも受賞したら、とか。もしも掲載されたら、とか……すべて妄想上の産物にしか過ぎないのに架空の話が楽しくて話が弾む。

「もともとマンガ家なんだから出版社にコネがあればいいのにな」

なんて言ってみたけど、それが通用したらマンガ家全員苦労はしないって笑う先生。マンガのことになると困った顔しながら笑う癖がなんだか可愛らしい。

今は困ったように笑いながらするその昔話も、いつか清々しく笑い飛ばせるようになればい

いのにな。俺も頑張るから、まずはこのネームを完成させようなと励ました。

そうこうしているうちに真夏の太陽は西に傾いていく。


「あ、買い物行かなきゃ」

西日が差し込むベランダを見て時間を思い出す俺たち。

「うん。俺もそろそろ家のことしないと」

まだまだ語ることはたくさんあったけど、そろそろ現実世界に戻らないと。

「それじゃ、またね」

「うん。バイバイ」

玄関を出れば、物寂しくなる。さっきまで盛り上がっていた空気を引きずったまま、夕方の蝉時雨《せみしぐれ》に耳を傾けた。

何種類もの求愛に少し早いツクツクボーシが混じっていて、変わらぬ日々の中でも時は進んでいるのだと実感する。

蝉たちの想いが成就する頃には、俺も何か成長できるんだろうか？

人ひとりの人生に首を突っ込むだけで自分は傍観者を気取るってスタンスはどこか小狡《こずる》いと

感じてしまったからだ。

公務員で教師をしている先生がマンガ家の夢を摑《つか》んで教職を辞める。傍から見ればなんてアウトローな生き方をするんだって咎《とが》められそうだけど、好きでも無い仕事で安定を得るのなら不安定でも好きな仕事で輝く先生は……どれほど眩《まぶ》しいのか見てみたい。

西の空を見ると眩しい太陽はビルの谷間に呑み込まれていった――。

第五章　八月十一日　木曜日

真っ青な青空に輝く太陽はあんなにも遠いのに、俺たちが立つ地表はこんなにも暑い。それでも清々《すがすが》しい気分で笑っていられるのは今日が登校日だからかもしれない。

この学校に来るまでは定期報告染みたこの日が無駄だと思っていた。なのに今では久しぶりの友人たちと制服姿で挨拶《あいさつ》を交わし、夏休み中の出来事を教室で語らうことが非日常に感じて楽しい。

ホームルームが終わっても、ついつい話題が尽きずにファミレスに寄って制服姿で喋《しゃべ》るだけのなんてことない日常が楽しくて時間を忘れてはしゃいでしまう。

昔と違って今はスマホで繋《つな》がっていられるからリアルで会えなくても距離感は変わらない筈《はず》なのに、日焼けした白河《しらかわ》さんや相変わらず元気な秋月《あきづき》なんかを見ていると早く新学期が始まってほしいような気持ちもする。

また遊ぼうと話題を締め括《くく》ってファミレスを出ると俺たちはそれぞれの駅へと帰っていく。

「さてと……」

西日に背を焼かれながら上野駅のペデストリアンデッキを、通称パンダ橋を歩いていると夏の風が優しくすり抜けていった。今日は登校日だから東雲《しののめ》先生も出勤していて……そろそろ定時退社じゃないかと思い浮かべる。

上野公園に建つ学校からはパンダ橋を経由して入谷方面に出るのがスムーズだから、もしかしたらここを通るんじゃないかとメッセージを飛ばしてみた。

(別に待ち合わせてどうこうってのは考えて無いけど……)

夏休みに入ってから毎週末一緒にいるせいか先生との距離感がバグっているのかも。一緒に帰ろうとか今すぐ会おうなんて気持ちとは違うんだけど、西日に照らされる校舎を見ていると今日一日を頑張った彼女を労《ねぎら》いたい気分になってくるんだ。

ポインッ♪　と通知音が鳴って先生だと気付く。タヌキのスタンプが一枚「待ってて」と手を合わしている。待つったって、どこで待てばいいんだろ。返すメッセージを考える。

「そうだ」

カメラアプリを起ち上げて今いる場所の写真を撮った。言葉を添えずにそれだけを添付して、ポケットの中にスマホをしまい込む。

間延びする影とオレンジ色に染まる駅。ボディバッグからペットボトルのスポドリを取り出して一口飲む。

生ぬるくなったアイソトニック飲料が喉《のど》を滑り落ちていくのが妙にエモい気分にさせる。

このままここで待っていたらスマホなんか無くてもいつかは出会えるんだろうな、なんて不思議な感覚が新鮮でわざと黄昏れてみたりする。

湿った都会の空気も、歩道より少し高い位置にいるっていうだけでいつもより涼しく感じるのが気持ちいい。

前にいた場所とは違う、夏。やがて過ぎゆく季節に思いを馳せていると遠くから東雲《しののめ》先生の声が届いた。

「篠森《しのもり》くーんただいまー」

聞き慣れた声、間延びした語尾は相変わらず元気そうに聞こえた。俺は黄昏ていた視線を上げて彼女を見た。

「……？」

利き手に包帯が巻かれていた。

「怪我《けが》……？」

ギョッとした。先生の右手は利き手だ。

「あははー！　大丈夫だいじょーぶ。大したこと無いから」

無事な左手をプラプラと振って、いつも通りの元気な声だけど……俺が心配しているのは利き手に包帯を巻くほどの負傷をしたのかってことだ。

普段から危なっかしいとは思ってたけど、どんなドジをしたんだよ。心配が募る。

「いや〜考え事しながらお茶を運んだらひっくり返しちゃってね。相変わらずのドジ」

気丈に笑って見せるけど、夏休みまでお茶汲《く》みさせられていた事実に言葉を失う。

「なんでアンタが汲《く》んでやるんだよ。そういうことは自分でやらせればいいだろ……!?」

「あ……あ、あはは……ほら、偶々《たまたま》手が空いてたのが私って感じで……さ」

直感で嘘《うそ》だと感じた。お茶汲みをさせられているのは転入初日や職員室に用事があるたびに何回も遭遇しているんだ。酔っ払ったときも愚痴ってたんだから嫌なのは知っている。

「いや、ほら、私って年齢の割りには新米教師だからこれも仕事の一環ってことで」

うちの学校は差別と偏見に厳しい態度を見せているけど、そのくせ職員室の老害教師たちは年功序列が染みついたままで、若い教員に雑用を押し付けているというのは生徒の目線からも感じ取れていた。

新しい価値観を謳《うた》う学び舎で生徒は育つだろうけど、職員室という深部は昭和のままで何ひとつ体制が変わってないなんて知ると気分が悪くなった。

そんな環境に身を置いているから先生が怪我《けが》を負うことになってしまったんだと。

「大丈夫なの?」

「え、うん……軽い火傷《やけど》だから大丈夫だよぉ〜へーキへーキ」

包帯が巻かれた手を平気そうに振るけど、走った痛みに眉《まゆ》を顰《ひそ》める。

「大丈夫じゃないじゃん」

「あはは、こんなことは何度かあったから大丈夫だって〜」

「何度も……!? それなのにまだアンタに雑用を押し付けてるのか!?」

怒りたいわけじゃないのに語尾が強くなる。先生を責めたって意味なんてないのに。

「……ん、うーん。ドジはいつものコトだし今日は当たり所が悪かったっていうか……ね？」

どうして学校側を庇《かば》うんだよ。どうして自分を犠牲にするんだよ。俺が怒らないようにと右手を庇うように隠しながら、大丈夫だって宥《なだ》めてくるんだよっ！

「ほら、今日は登校日だったから、私も張り切っちゃって一度に運ぼうとしたからひっくり返しただけで……火傷はしたけどカップで切ったりはしてないし……その……大丈夫だから」

お茶汲みはいつも通りだから。欲張って一度に運ぼうとしたから。私がドジっちゃっただけだから。聞いてもいないのに言い聞かせるように説得する姿が……逆に痛々しい。

面白いマンガが描ける才能があるのに職員室が東雲《しののめ》先生の価値を殺していく。俺にはもう、それが耐えられなかった。

「辞めちまえ」

「ええ!?　どうしたべさ突然……」

腹の奥底から溢《あふ》れ出てくる感情はたった五文字の言葉だった。

「教師なんか辞めちまえって言ってるんだよ」

「そ、そりゃ辞めたいのはホントだけど……でも今すぐは、ね？」

とっととマンガを描いていればこんな仕事で怪我をすることも無かったんだ！　愚痴を言える相手もいなくて酔っ払って帰ってくることも無かったんだ！

マンガを描きたいって気付けたのに、マンガが描けなくなってどうするんだよ！

「ネームが終わったら八割終わったようなもんだって言ってただろ！　夏期休暇で完成させちまえば投稿するだけだ……っ！　だから、こんな仕事……今すぐ辞めちまえっ！」

「し、篠森《しのもり》くん……ほら、いつかは、いつかは辞めるかもだから……だから……っ」

「元マンガ家なら再デビューのハードルは低いだろ⁉　前のキャリアを引っ張ったままネームだけでも出版社に直接持ち込めばもっと早いかもしれないだろ⁉」

必死だった。悲しくて悲しくて仕方なかった。自分のことでもこんなに悔しい気持ちになったことは無いのに、溢《あふ》れ出した感情が止まらない。

「わ、わ、落ち着いてって、必死になってくれるのは嬉《うれ》しいけど、だけど……私は……」

「こんな仕事でアンタが使い捨てられるのが嫌だって言いたいんだよ！」

「だ、大丈夫だよ。こんな怪我《けが》すぐに治るし、ネームもちゃんと描けるようになるし……平気だし……それに……っ」

そういう意味じゃない。俺は今すぐにでも教師の仕事を辞めてほしいんだ！

こんなつまらない仕事で身も心もボロボロにして、ストレス発散に飲み歩いて迷子になって、後悔だらけで未練たらたらにマンガ家の仕事が好きだったアンタに、もう……傷ついて欲しくないんだ。

「平気じゃないだろっ右手だぞ⁉　一歩間違えればマンガだって描けなくなるんだぞ……！」

荒げた声に涼風が震える。自分の感情をコントロールできないのは初めてだった。怒りの感情が止まらなくて、怒鳴るように胸の内を暴露する。

「どうしてっ！　なんでだよ……っ、こんな仕事にしがみ付いてなんになるんだよ！　嫌だって気付いてんだからとっとと辞めちまえばいいだろ……！」

やっと二人で足並みを揃《そろ》えてスタートしはじめた道なのに……雑用なんかで負傷した右手に未来が潰《つい》えた気がしてならない。

鼻の奥が痛い。喉《のど》の奥がヒリヒリしてくる……目頭が熱くなって、俺は……これ以上無いって程に感情的になってしまって……振り絞った声は情けない音だった。

「辞めろよ……辞めてこいよ……今すぐマンガ家に戻ればいいだけだろ……！」

指先に火が灯《とも》る。唇が小刻みに震えて、十六歳の体は抑えきれない怒りに戦慄《わなな》いた。

……西に沈みゆく太陽が逆光になり先生の表情を翳《かげ》らせていく。夕陽で滲《にじ》んだ視界では彼女の表情が上手に読み取れない。

「……」

先生は黙っていた。逆光の中から一歩前に進んだ細身の影。

包帯が巻かれた右手が俺の頬《ほお》に触れて、トートバッグを引っ掛けた左手が肩を抱いた。

いつも隣に在った優しい香りが俺を包み込んだ。

細くて柔らかい腕。半袖のシャツ越しに感じる体温と肉の柔らかさに震えた。

「……落ち着きな」

正面から抱きしめてくれた小柄な体。夕陽と宵闇《よいやみ》が交差する視界がふるふると蕩《とろ》けた。透明感のある柔らかい猫っ毛の根元が丸見えで、胸にグリグリと顔を押し付ける仕草が実家に置いてきた幼い妹みたいで懐かしかった。

「……ごめん。悲しませちゃった」

か細い女性の両腕が俺の背を撫でて、トントンと励ますように叩《たた》く。ぐすっと鼻を啜《すす》る音が聞こえて彼女まで悲しませてしまったことに……今更ながら我に返った。

「ごめんね」

静かで穏やかな、凜《りん》とした声。

「ありがと篠森《しのもり》くん」

トンットンッと背中を優しく叩くリズムは、穏やかな鼓動みたいだった。声を荒げた俺を抱き留めて落ち着かせてくれる彼女の短い言葉に溜飲が下がっていく。

「私の事心配してくれてたんだねぇ、可哀想になぁ」

抱きしめた背中をトントントンと三回叩いてから、ゆっくりと強く抱いてくれる。

「めんこいなぁ……こんなめんこい教え子泣かせちゃうなんて私、悪い先生だ」

ゆっくりと両手を離して柔らかい体が離れると密着していた部分に余韻のような感覚が寂しく残ってしまう。

逆光の中で表情を見せずに一歩、二歩、後ろに下がる先生。緩やかな夕涼みに遊ばせた髪を耳に引っ掛けて、柔らかく微笑《ほほえ》んでくれる。

「……ごめんね」

先生は微笑んだ。いつもみたいな困った顔じゃ無くて、涙を浮かべながらもニッコリと。そんな微笑みを見せられて俺はどんな顔をすればいいのかが分からなかった。

仕事を辞めろと言いたい気持ちが伝わったんだろうか？　あのネームだってもうすぐで完成すると思えば今すぐにでも教師を辞められるんじゃないかって期待している。

だけど……俺の考えは所詮ガキの発想なんだと理解させられた。

東の空が夜を連れてくる夕涼みに一際明るい先生の声が凛と響いた。

「諦《あきら》めよっか！」

……あの日の声がずっと俺を苛《さいな》んでいる。

『諦《あきら》めよっか！』

深夜一時の自室。何もする気が起こらずにベランダから空を見つめていた。

星の少ない夜空にはチカチカと点滅する光が見える。高層ビルの航空障害灯の遥か上にはフライト中の飛行機がどこか遠い場所に向かって飛んでいた。

カーテンを閉めることも忘れてビルの隙間《すきま》から覗《のぞ》く光の粒を見上げている。

……あれから物思いに耽《ふけ》ることが多くなった。

今もこの体に染みついている温度や感触。そして同じぐらい鮮明に覚えている声。

『諦めよっか！』

真っ赤に腫《は》らした目蓋《まぶた》で笑った彼女はどんな気持ちだったのか俺には分からない。

凛《りん》と透き通った声と明るい笑顔、迷いも不安もすべて払拭した笑顔で告げられたのは……

夢の終わりだった。

本気なのかと聞きたかったけど、強い西日は彼女の表情を上手に隠してしまった。

あまりにも上手に隠された感情は一部の隙も無く、二人で頑張っていこうと目指した夢の行方が水泡と化した事実だけが残ってしまった。

どうしてだよ。なんで諦《あきら》めるなんて結論に至ったんだよ。

もう少しだったじゃないか。あのネームはもう少し頑張れば完成したんだし、ネームが出来上がってしまえば動き方だって考えられたんじゃないのか?

それなのに……どうしてだよ。雑用を押し付けられて、理不尽なことで怒られて、朝は早いし定時で帰れることも少なくて、酔い潰《つぶ》れるほどストレスを溜めてまでやるような仕事じゃないって分かっているくせに。


どうして……俺たちの夢を終わらせたんだ。


教師ではなく夢を諦めると告げた言葉に驚いて、あまりにも清々と言い放った笑顔に何も言い返せなくなった。正直、このマンションにもどんな道で帰ってきたのか、どんな話をしていたのかすら思い出せないぐらい。ただ、純粋に……ショックだったんだ。

いっそ感情的に吐きだしてくれたら俺だってフォローできたかもしれない。


狡《ずる》いよ。

あんな笑顔で、なんの未練もないような声で「諦めた」なんて言われたら……俺はどうしたらいいのかすら分からないだろ。

その結果。時間も感じなくなる程度には不貞腐《ふてくさ》れて過ごしている。

スマホ一本で楽しめるゲームにもマンガにも触れず、あの人に送ろうとした叱咤《しった》激励のメッセージだけがメモ帳アプリに溜まっていく。あの日の言い訳や謝罪の言葉。

自分でも女々しいって思う。こんなもの送られても困るだけだ。もう決意したんだろ。

（それでも俺は納得していない）

大人は狡い。肝心なことは何ひとつ教えてくれなかった。

表面上は教師然として振る舞ってるクセに気を抜くと子どもみたいに接してくれるアンタだから、教師なんて安定した職を捨てて本来の夢に向かって歩んでいくと思ってたんだ。

もともと期待なんかしてなかった、むしろ体《てい》良く彼女の選択を見てやろうなんて思ってた。その程度の気持ちのままならこんな気持ちになんてならなかった。

隣にいる時間が長くなるほど距離感を勘違いして本気になっていただけなんだ。だってあの人は大人じゃないか、教え子の機嫌を取るためにマンガ家の夢を騙《かた》るぐらい……簡単。

（そんな人だったら捨てた夢に泣いたりしないか……）

分かってる。見た目以上に子どもっぽい人だ。だけど俺が思っている以上に大人なんだ。そして俺はまだ裏切られた気持ちが勝っていて、あの日受け止めた言葉を上手に分解できない。

この人生はＲＰＧだ。俺たちは与えられたフィールドで生きていくしかない。

各々が主人公だからこそ夢を見るのも夢を諦《あきら》めるのも本人次第なんだ。それを通りすがりのモブがどうこうと口出しできるようなことじゃない。

そのぐらいは分かってる。夢を見ることが叶わなかった俺だから、彼女の人生に夢を託して叶えてもらおうとしていただけだ。

臆病者の器では大きな夢が見られなかったから……。


悪いのは東雲《しののめ》先生じゃない、俺自身だ。


安定を捨てるような真似を誰がする？　臆病者の発想で彼女の決断を観測していた俺自身の問題だ。

安全なぬるま湯に浸かりながら他人の人生を眺めるだけの存在が落胆する権利なんてどこにもない。

悪いのは俺だ。東雲先生は現実を選んだだけなんだ。

人生はRPG《ゲーム》じゃない。戦うことも逃げることも同等に許されている。俺は彼女のシナリオがあまりにも眩《まぶ》しかったから、その行方を見守りたかったんだ。

（選択肢を選べるのは主役である先生だけ）

これは先生に委ねられた当然の権利だ。ただのNPC《モブ》が主人公のシナリオに、主役の選択に介入することなど……許されない。

（ああ、そうか……理解できた）

俺は俺に用意された物語だけを歩んでいれば良かったんだ。あの人が退屈で安定した未来《これから》を選んだように、俺も自身のストーリーで妥協すればいい。

人生がRPGなら、なんてクソゲーなんだろう。

——今朝もジョワジョワと騒がしい蝉《せみ》の求愛だが、いつの間にかキャストが交代されていた。夏休みも後半に差し掛かり、青く突き抜けるような空を涼しい箱の中から見上げた。

俺のスマートフォンはクラスメイトからの通知で埋め尽くされ、新着順に並んでいくメッセージアプリの中で東雲先生のアイコンはどんどん下の方へと追いやられていった。

（このままフェードアウト……かな）

あの日の一件からも何度かメッセージが飛び込んでいた。心の整理がつかなかった俺はその場しのぎで素っ気ない返事をしてるうちに通知音は鳴らなくなっていた。

ときどき、ポインッ♪　と通知音が鳴っても最近インストールしたソシャゲの通知だったりSNSの返信だったりで……夏休みが終わる頃には通知音も気にならなくなった。

(新学期はもうすぐだ……気持ちを入れ替えよう)

未練がましいぐらいに傷は未だ深いけどゆっくりゆっくりと忘れていこう。

俺と先生が毎日のようにメッセージをやり取りしていた過去を、土日は家に上がり込んでマンガ制作に躍起になっていた日々も……誰も知らないのだから。

*

――八月二十七日。

宿題に追われた同級生たちがラストスパートだとファミレスで勉強会を開いた。

秋葉原のファミレスで会う私服姿の友人たちとは「明日は制服姿だ」なんて笑い合う。宿題をやっつけるとはいいつつも、やっぱり夏休みの思い出話で盛り上がってしまい……全員の宿題が終わった頃には辺りはとっぷりと暮れていた。

八月最後の夜は涼しくて、このまま夜風を浴びて帰ろうと上野方面に向かって歩き出す。ポケットの中でスマホが様々な通知音をポインッ♪　ポインッ♪　と教えてくれる。

（みんな電車の中で暇なんだろうな）

最近は秋月《あきづき》を中心にいろんな同級生たちと遊ぶ回数が増えた。

人生初のゲームセンターでクレーンゲームをしたり、ジャンケンで決めたグループでダーツの点数を競い合ったり、ネットの動画配信をしている同級生の相談に乗ったりしながら普通の高校生としては合格点の青春を過ごしてきた気がする。

明日から二学期が始まれば文化祭や修学旅行もあるし楽しみだねと学生らしい未来の話に華を咲かしている友だちに混じって、俺もそうだよと会話を合わせられる自分がいた。

夏休みも終わるのに俺はまだ東雲《しののめ》先生のことで未練が残っていた。

見届けたかった未来を失い、将来の進路も決まってないけど楽しい友人たちと学生ライフをエンジョイしていることで「ここにいていいんだ」という気持ちで満たされる日々。

未だ自分は空っぽだけど、こうやって誤魔化しているうちにいつか本当の満足に繋《つな》がるんじゃないかなって信じている。

だからかな……夏休みなんて早く終わってほしいと願うのは。

俺は明日、学校の階段で、教室の廊下で、東雲先生と会うことなると思う。それでも普段と変わりなく挨拶《あいさつ》できるように努力するんだ。

夢を追いかけた夏休みはまぼろし。俺と先生は以前と変わらぬ教師と教え子の関係で接していけば大丈夫だと思えるから。

振り返ると砕けた夢の欠片が散らばったままの夏休み……早く、終わってほしい。

そうすれば……きっと……。

涼風を連れて秋葉原から帰ってきた俺はマンションに到着した。

エントランスには街灯が灯《とも》り、テナントに入ったコンビニとコインランドリーが暖かな光を漏らしている。

オートロックを抜けてエレベーターで五階へ。エレベーターホールから左手に曲がった突き当たりが俺の住む部屋だ。

いつもと変わらない光景なのに……目に飛び込んできた光景にギョッとした。

「……」

ドアノブに鍵を差し込んでガチャガチャと音を立てる女性の姿。嘘《うそ》だろ……このマンションで、これを目の当たりにするのは三度目だ……。

(何してるんだよ……ったく)

いやだがしかしな……俺の降りたフロアが六階かもしれない。念のためエレベーターホールの表示を見に戻ったが、確かにここはマンションの五階だ。

　ということは俺の部屋のドアを開けようとしている人物が帰る家を間違えているのか。いやはや驚きだ……。

(二度ならず三度も……そうはならないでしょ)

　このままほっとけばフロアを間違えたことに気付くかもしれないし、他人の俺が必要以上に関与するのは遠慮したほうがいいかもしれないし……と後ろ姿見守る。

「おぉ～おトイレ～おトイレ行きたいのに開かぬぅ～！　じょっぴん壊れてるぅー！」

　そりゃ開かないって。鍵が違うんだから。

　ガチャンガチャガチャ！　ドンドンドンッ！

　ガチャガチャ……ピポピポピンポーン！　バンバンバンッ！

　うわぁ……この様子だと相当酔っ払っているんじゃないかなぁ。近所迷惑だなぁ。

　見ているうちに面白くなってきて壁に背を預けて見守ってしまう。どんな奇跡があっても開くことはないと思うけど……。

(ん？　スーツケース……ってことは実家から戻ってきたのかな？)

　ブラウンカラーの大きめのスーツケースを見るに北海道に帰省していたんだと思う。

(それにしてもまだ気付かないのか……？　俺がいなかったらどうするつもりだ……)

　部屋の間違いに気付くのが先かトイレに間に合わず醜態を晒《さら》してしまうのが先か……。そろそろ決着が付かないと世話を焼きそうな自分がいる。

「斯《か》くなる上はぁ～ここでっ……ここでするしか……恥をぉぉ捨てろぉぉ～！」

「ちょっ!?　それは駄目だ!?」

慌てて飛び出した俺に気付いた先生が「ひゃっ」と声を出した。

「あぁぁぁぁ……ち、ちびるかと思ったぁぁ……むしろ漏れるぅぅ……!!」

「あぁ～もうっ！　トイレが先だ！　質問は後!!」

ポケットから取り出した鍵で急いでドアを明けると、先生は廊下にスーツケースを置いたまま一目散に家の中に飛び込んでいった。

「お借りしまー……す！」

そこはお邪魔しますでも良かったんだけど……。

「はあ……ったく……」

いざ会ったときどんな顔をしようかとか、どんなふうに声を掛ければいいのかなんて悩んでいた自分がバカらしくなる再開。

久しぶりに姿を見せたかと思えば案の定酔っ払って家も間違えてるし……。

（ほんっと、どうしようもないポンコツ教師）

あの日の言葉で俺たちの関係は終わってしまったと認識していたのに、こんな番狂わせをされちゃ調子が狂う。

呆れた顔でスーツケースを運ぶ俺は生徒で、トイレの中の彼女は教師なんだ。

やがて流水音が聞こえてきて「間に合ったぁぁ……」と大きな溜息《ためいき》をつきながら出てきた東雲《しののめ》先生は俺の顔をみてニヘラと笑った。

「たっだいまー♪」

うわぁ、酒に酔っているからか上機嫌だ。こっちの気も知らないで。

「いやぁ～こっちは暑いねぇ～汗だくだよぉ～」

「酔ってるからじゃない」

「ほへ？　あぁ～そうかもっ！　今夜はちょっぴり呑みすぎちゃいました～ニャハハ！」

相変わらずちゃらんぽらんな返事をしながらフラフラとキッチンに入り込み、適当なカップに水を注ぐ先生。そしてそのままゴクゴクと飲み干してフラリとこちらに向き直る。

「いや～飛行機降りたら焼き鳥食べたくなっちゃってねぇ～気付いたら日本酒三杯目～」

水を飲み干した彼女はフラフラと玄関からスーツケースを運んできて広げ始める。俺は流石《さすが》に「何してんの」と声を掛けずにはいられなかった。

「篠森《しのもり》くんにお土産だよぉ～喜ぶよぉ～」

廊下を照らすオレンジ色の灯《あか》りの下でスーツケースを広げて、取り出した紙袋の中から荷物を探している。

「気を遣わないでいいよ」

「またまたぁ～！　ホントは欲しがりさんのクセにぃ～」

くふふっと笑いながらいろんなお土産を出し入れする彼女はあの頃となんら変わってない。だから余計に辛くなってくるなんて露も知らずに。

(こんなふうに扱われたら勘違いするだろ)

もしかしたら今まで通りの関係で過ごせるんじゃないかって期待が苦しいんだ。

「おぉ～あったあった～♪　はい、これお土産ぇ～！」

「……定番のクッキーだね」

「くっふっふぅ～！　さらにこれも付けちゃおう～マァ～リィ～モォ～！」

小さな瓶《びん》に緑色の苔玉が沈んだキーホルダーだ。マリモは天然記念物だから本物じゃない。ってか、小学生の土産じゃないんだからクッキーだけで充分だろ。

「ありがと。それより……」

「さらにもひとつ～～！　すごいの出てくるぞぉぉ～！」

「まだあるのかよ!?」

おっと……以前のテンションに戻るところだった。スーツケースから荷物を広げた先生はガサガサと紙袋をあさって「これこれ！」と薄っぺらな何かを差し出す。

クリアファイルに挟まれた書類の束だ。夏休みの宿題ぐらいの、コピー用紙の束。

「え……？」

まさか。なんて気持ちがドクンと跳ねた。差し出された物は数十枚ぐらいのコピー用紙で、上辺をダブルクリップで纏《まと》められていた。

胸がざわめく。「もしかして」って気持ちと「まさか」って気持ちが止《と》め処《ど》なく溢《あふ》れ出してきて、書類の束に見当が付くのに……突きつけられた其《そ》れがなんなのか理解できなかった。

だってそうだろ？　この人が差し出してくる紙の束なんて……まさかって思うだろ？　俄《にわか》に信じられない気持ちと今すぐ確かめたい気持ちが綯《な》い交《ま》ぜになる。

「……遅かったかな？」

クリアファイルから透けてみえる紙には「新世界」というタイトルが一行、シャープペンの筆跡で書かれている。

受け取ってもいいのか？　と、興奮と不安でドキドキする。もしかしたら……なんて胸が騒いでしまって息苦しくなってくる。

あの日、中途半端に投げ出したネームなんじゃないかって……期待が止まらない。

「あ……。もう必要なかったかな……？」

受け取ったクリアファイルの重さに硬直している俺の顔色を窺《うかが》って寂しそうな声を出す。

「……そ、そんなことはない」

数十枚の紙束をまとめたそれは見た目以上に重たくて生きてるみたいに暖かい。

これはただのクリアファイルじゃない。そう確信する。ゴクリと唾《つば》を飲んでから手渡された中身を、一枚、二枚と捲《めく》っていった。

「……っ」

崩壊した世界で出会った少年と翼《つばさ》を持つ少女のネームだ。一枚ずつ、読み進めていく視線が必死にシャープペンの筆致を追う。

巨大な異形に立ち向かう少年が大剣を振り上げたシーン。俺が求めていた作品の続きが描かれている。

息を呑むような戦闘シーンが終わり、翼の少女が救われる。かつてこの世界を滅ぼした天使の末裔《まつえい》と勇敢な少年の物語はここから始まる……。

締めのモノローグが添えられた最後のコマはお互いの手を取りあう異種族の絆。最後まで読み切った俺の心臓は全力疾走したかのようにバクバクと跳ね上がっていた。

「どうして……これを……?」

聞きたいことがたくさんあった。たくさんありすぎて、胸の中でぐちゃぐちゃになった質問をひとつずつ尋ねるような余裕もなくて……どうして？　と一言を絞り出すのが精一杯。

「あはは……私もどうしてか分からない、かな」

「だって、先生は……諦《あきら》めるって、あの日……」

今さらでもいい。あの日の言葉を無かったことにしてくれたら、と何回願ったことか。

本心は嬉《うれ》しいくせに素直になれない天《あま》の邪鬼《じゃく》は「諦めた」って言ったじゃないかと拗《す》ねてい

る。

「私、篠森《しのもり》くんの前では先生でいたかった。だけど本当の私は狡《ずる》い人間なんだ」

それって？　と聞き直す。すると先生は長い睫毛《まつげ》を伏せて少し考えてから教えてくれた。

「いつの間にか篠森くんのこと、私の担当さんなんじゃないかって思ってた」

だからあの日の言葉は駆け引きだったんだ。困り眉《まゆ》で笑ってみせる顔はどこか寂しそうだ。

「怖かったんだ。理想の担当さんだったから、私のことに気付いてほしかった」

右手を怪我《けが》したときに真っ先に考えたのはマンガが描けないってことだった。篠森くんっていう担当編集さんが私のことを呆れて捨ててしまうんじゃないかって。

だけど、この状態じゃ進捗《しんちょく》が遅れてしまう。それでもマンガが描きたい、だけど思うようにマンガが描けない……だから、東雲《しののめ》先生はあの日、俺に告げたんだ。

「諦める」

そこまで説明されても俺の頭の中は疑問符でいっぱいで、マンガが描きたいって気持ちだった先生がどうして真逆の言葉を放ったのか理由を聞いた。すると視線を外して頬《ほお》を掻《か》いて、苦しげに笑った。

「駆け引きって言ったべさ。私は篠森くんを試すようなことをしてしまった」

その結果、先生が思った以上に俺は怒って意気消沈してしまった。そして想像通りの反応がなかった先生も悶々《もんもん》としながら北海道に帰省した。

マンガを辞めるには良い機会だなんて思ったけど篠森《しのもり》くんとの思い出を無かったことにしたくなかったから二人で作ったネームを描き上げようって思った。

ネームを描き上げたら篠森くんに会いに行こう。あの日、悲しませてしまった君に「大丈夫だよ」と伝えよう。東雲和々花《しののめののか》はひとりでも頑張れるって証明してみせよう。

「……だから、このネーム？」

「うん。これが最後でも後悔しないって頑張った」

照れくさそうに髪を弄《いじ》りながら、相変わらず困った顔でふにゃりと笑う先生。

「私ね、高望みしていたの。篠森くんが理想の担当さんだったから、私の理想を押し付けてしまった。それは、いつまでも待っているという信頼が欲しかった。だから諦《あきら》めるって言葉は駆け引きだった。でもそれは私のマンガが完成してくれるまで待っていてくれるっていう言葉を引き出したいだけの傲慢《ごうまん》だった」

ネームを描きながら何度も後悔して何度も反省した。十六歳の教え子を試すような行動を取ってしまった自分ができる最大限の謝罪はなんだろうと考えた。

その答えが、いま俺の手の中にあるネームだった。

「篠森くんがマンガ家に戻ればいいって言ってくれたときに不思議な気持ちだったんだ。だってマンガ家だよ？　一度は叶えたけど鳴かず飛ばずの失敗作の私にもう一回マンガを描いてみろなんて言ってくれたのは後にも先にも篠森くんだけだった」

だってさ、前の担当さんは私を待ってくれなかったんだもの。

「だから篠森くんに理想の担当さんを重ねてしまった。待ってるって言葉を引き出したいだけなのに試すようなことをしたんだ……。でも結果的に怒らせちゃったよね、ごめんね」

クリアファイルを持ったまま立ち尽くす俺に先生の言葉が一音ずつ胸に染みこんでくる。先生はあの日、吐きだした言葉を撤回できないなら成果で挽回《ばんかい》しようと思ってくれた。

そして、もしも俺が待っていなくても一人でマンガを描き続けようと思ったらしい。

それはどうして？　と問うと「篠森くんがいなくても自立したマンガ家になりたいべさ」と返ってきた言葉に心臓が鷲掴《わしづか》みにされたみたいに苦しくなった。

東雲先生は、俺がいなくてもマンガに向き合える自分になったんだと証明したかったんだ。一回りも年上の女性が、理想の担当編集を重ねてしまった年下の俺に結果を示せるように一人で頑張ってくれたんだ。

俺は、いま、東雲和々花という一人の人間のことが理解できた。

そしてそれは、篠森鷹空《たから》という狭小な人間の罪を懺悔《ざんげ》すべきだとも思った。

「……俺は、俺も……謝らなきゃならない」

運命の選択肢を見たいなんて欲望を叶える為に暴走していた自分自身が如何《いか》に幼くて狭小な人間だったかと吐き出すと先生は困った顔をした。

「最初はマンガ家の夢なんかで教師を辞められるのかって好奇心だった。だけど、それは自分ができない偉業で、憧《あこが》れで……夢なんかのために安定を棒に振る大人がいるのかって興味本位だったんだ」

大人のアンタが人生を踏み外すところを見てみたかった。大人でも、女性でもそんなことができるのか？　って観測して楽しんでいたんだ。

最初はそうだった。でも今は違う。先生と過ごした日々は呆れるほど楽しくて、夢なんて得体の知れない希望なのに、それはとても尊くてキラキラ輝いているものなんだって知った。

マンガなんて娯楽で読み捨てるだけだった俺にマンガを作るっていう楽しさや苦労を教えてくれた。

俺もさ、いつの間にかのめり込んでいたんだと思う。だから悲しかったんだ、あの日の諦《あきら》めるって言葉が。だけど、今はもう違う。

「このネームを受け取ることができて嬉《うれ》しかった」

きっかけはガキっぽい動機だったし悪趣味な理由だった。だけど先生がいない間、ずっと考えていたんだ……その言葉をいま上手に伝えられるだろうか。

「うん……ありがとうね。私、もう大丈夫だからね！」

饒舌《じょうぜつ》な口調は多少酔ってるからだと思うけど、見た目以上にしっかりと伝えてくる先生は真っ直ぐ俺を見つめ返して「ありがとう」と言葉を渡す。

「俺で……いいのかな」頭の中で散々捏《こ》ねくり回した言葉を返す。できるだけ真っ直ぐに、素直な気持ちをさらけ出す。

「マンガの仕事も編集の仕事も中途半端でしか理解してないから、いまの俺には待つことしかできないけど……こんな俺でも」先生の、担当編集として傍にいてもいいかな？

「うん」

肩を竦《すく》めて照れくさそうに、ふにゃんって笑っている先生。まばたきをすると透明な粒が睫《まつ》毛《げ》の先に浮かんでいた。

俺、どうしてこの人のことを信じ切れなかったんだろうって後悔してる。マンガ家復帰に恋い焦がれ、行動出来ない自分に涙していた人が、こうして完成したネームを手渡してくれたんだ。だから俺も……この人に報いたい。

「俺、もしも先生が諦めても……必ずマンガ家に戻る日まで、待っていたい」

「うん。きっと待たせちゃうと思うの。私もね、この仕事に未練ができちゃったから」

未練？　それって？　と聞き返した。

「私は教師でこれからも暫《しばら》くは教師だからね。でもマンガ家復帰の夢は本物になった。だからまずはゆっくりと自分のペースでマンガを完成させたいって思っているの。あ、ほら、出版社に持ち込みするのも完成させないと始まらないからね！」そして……教師をしている間は篠《しの》森《もり》くんや教え子たちの成長を見守りたいですと笑う。

ああ、この人は見た目以上にしっかりした大人なんだって意識した。

そしてガキは俺のほう。どれだけ大人ぶってても本当の大人には勝てないねと苦笑すると東雲《しののめ》先生は優しい声色で「今後ともよろしくね」と大輪のヒマワリのようにパッと笑った。

その表情はいつもと同じだったけど、大人で、素敵な淑女だった。マンガ家という夢に向かって凜《りん》と咲き誇っている東雲和々花《ののか》という存在を……今度は純粋にサポートしてみたい。

「でもまぁ～……教師を辞めた暁には赤ジャージの竹刀は折ってやろうと思うの！　あとねっ、ハゲ教頭のヅラは目の前で引っ剝がしてフライングディスクにするって決めてるわっ！　いっつもお茶汲《く》みさせてくるお局シスターズは味も分からないくせにリーフ紅茶にこだわる節があるから職員室の紅茶缶には特売のブロークン紅茶を充塡して～……クックック！」

お、おう。どうやら退職する日のことを妄想すると楽しくて仕方ないという趣味を見つけてしまったらしいという情報も耳に挟みつつ、ほんのり酔った先生が俺の肩に両手を置く。

「でもまぁ！　いまは目の前にいる素敵な世話焼きさんの卒業を見守らないとね！」

そのためにも、もう少し続く我慢我慢の教師生活も悪くないと笑ってくれる。こんな仕事を続けられるのも私を慕ってくれる教え子たちのおかげだからね、だから卒業ぐらいは見守らせてよ？　と釘を刺される。

「あの日、気持ちを試しちゃってゴメンね」

「こっちこそ……自分勝手に怒ってごめん」

それじゃ、仲直りしましょうかと両手で握手する。こんな小っ恥ずかしい仲直りは生まれて初めてするんだけど……この人がいいのなら、まあ、いっか。

「うんうん。これで仲直り♪　いや〜それにしてもそのネーム傑作だったでしょ！　最後のほう描いてて泣いちゃったもんっ！　これからは篠森《しのもり》担当編集長もついていることだしマイペースに頑張るぞっと！」

「こら、調子に乗るとケガするよ」

あと編集長は辞めてくれ。なんだか照れてしまうから。

「いいじゃない。編集長おつきの看板作家の気分が味わえるもの♪　グッフッフ〜」

ハードルをあげるなって！　編集長か〜って素直に思い込んじゃうだろ。

（なんかそれって認められたみたいで恥ずかしいんだけど）

俺がやってきたことなんて、素人《しろうと》意見でこき下ろしてただけで行動も言葉も役に立った覚えがないんだけど⁉　でも、まぁ、褒《ほ》められると嬉《うれ》しい……けど恥ずかしいな。

こんな俺とこれからもマンガを作っていきたいなんて、もしかしなくても変わり者なんだって思うけど……東雲先生の妙に熱血なところは嫌いじゃない。

だから何か気の利いた言葉で飾りたいと思うけど……。

（言葉が出ない……！）

今の感情が受け止めきれない。なんだか初めて経験する青春みたいな甘酸っぱさっていうのか、これが学生しか感じられない感情なのか。

そう思うとますます気恥ずかしくて俺の顔は真っ赤になった。

「照れてる!?　篠森《しのもり》くんがっ!?」

「う、うるさい……っ」

「いいじゃんいいじゃ～ん。篠森くんには感謝してるんだぞ～。自分の人生は、自分という主人公が冒険するっていう……あーるじーぴー、だっけ!?」

「RPG、な……」

そうそう、それそれ。うんうんと頷く先生をジト目で睨《にら》む俺。

「自分という人生のゲームを冒険する主人公ならば、やっぱり頼もしい仲間と進んで行きたいじゃない。ほら、仲間との熱い絆が勝利に導く～みたいな少年マンガの原則!?」

「分かった分かった。はしゃがないの」

一回りも年下の子どもが生意気に語った人生論が役に立ったなんて言うな。聞いてて恥ずかしいし……ってかアンタの顔だって真っ赤だよな?

「いやぁ～!　暑いね～ニャハハ～」

「いますぐ冷房マックスにしたいぐらいだよっ」

「わははっ!　……最後に一言いわせてっ」

桃色に染まった手がもう一度俺の手を包み、まん丸な瞳が俺の顔を覗《のぞ》き込んだ。亜麻色の前髪がさらりと落ちて大きなガラス玉に俺が映る。

「これからも篠森担当編集さんにサポートお願いしたいです。いいですか？」

「～～!!　ば、ばかっ！　そういうの止めろ……恥ずかしい！」

「だって担当さんに見てもらえなかったらお蔵入りになっちゃうんだべ!?」

「分かった分かった！　責任取るから！　ちゃんとやるから煽《あお》らないでって！」

あの日の言葉をきっかけに仲違《なかたが》いした俺たちは、いつのまにかいつもの雰囲気に呑み込まれていた。熱血マンガ家教師のためにも……一肌脱いでやるかと、笑う。

だってさ、北海道に帰省していた間も、俺にこのネームを見せるために描き直していたんだと思うと目頭が熱くなってくる。

やだな。熱血青春なんて糞《くそ》食らえって思ってたのに……王道の展開に涙腺がゆるむ。

「ひゃっほー！　引き続き頼んだわよ篠森編集長っ！」

「編集長じゃないっての……ってか素人《しろうと》意見しか出てこないからな」

こんな約束しちゃったらさ、このマンガが完成するときまで隣にいようって思うだろ。それは二年後なのか三年後なのか分からない。

もしかしたら俺が大学を出るまで時間が掛かっているかもしれない。

（むしろこの人だから社会人になっても終わってないかも……その時は俺が急かすしか……）

ガキっぽくてぽやぽやとしてる東雲《しののめ》先生だから十分にあり得る話だからな。

（そうなれば堂々と取り立てられるほうが筋が通っていいかもな……ん？）

もしもそうなったら……マンガ編集者にでもなってやろうかな、なんて。


それはそれで……面白い……？


どんなタイミングで進路に目覚めてんだよって苦笑する。今まで見つめることの無かった未来の可能性が目の前に広がった。

そうだ、もしもこの人がマンガを完成させなかったら俺は編集者になってやる！　お土産を広げてのほほんとしている高校教師は俺の腹の内などまだ知らずに笑っていた。

笑っていられるのも今のうち。決心したから時効なんてものは無くなったからな。

「ふ……っ」

「な、なんでござるかその含み笑いは⁉」

思わず溢《あふ》れた不敵な笑みに一歩、後退《あとずさ》る東雲和々花《しののめののか》。

「別に。楽しくなってきたなって」

「そ、そうなの？　でも……楽しいのは悪くないっしょや！」

そうだね、なんて同意しつつ頭の中では将来のビジョンがグルグルと巡っていた。こんな動機で得た夢なんて半年後には冷めているかもしれないけれど、俺が面白いと思う間はトコトン楽しんでやる。

斯《か》くして、マンガ家の夢を抱く高校教師東雲和々花《しののめののか》と、その後ろ姿をバックアップしてやろうかと企む教え子・篠森鷹空《しのもりたから》のさらなる冒険がいま始まる——。

ガガガ文庫7月刊

現実でラブコメできないとだれが決めた?6

著／初鹿野《はじかの》 創《そう》

イラスト／椎名《しいな》くろ

幼馴染をでっち上げ、ポンコツギャルの素を暴き、迷える先輩の背中を押して——。残るは、ひとりぼっちのメインヒロイン。今こそ、俺たちのハッピーエンドを成し遂げよう！『実現するラブコメ』これにて完結。

ISBN978-4-09-453077-3（ガは8-6）　定価935円（税込）

鋼鉄城アイアン・キャッスル2

著／手代木正太郎《てしろぎしょうたろう》　イラスト・キャラクター原案／sanorin《さのりん》

原案・原作／ANIMA《アニマ》　メカデザイン／太田垣康男《おおたがきやすお》

今川を滅ぼし、三河の雄となった竹千代。一方、袂を分けた佐吉は秀吉の元で軍師の道を目指す。時代は信長という強き光の元で揺らめき、目覚めつつある伏龍たちの咆哮を待つ。超巨大キャッスル戦国浪漫譚、第2弾!!

ISBN978-4-09-453078-0（ガて2-15）　定価825円（税込）

サマータイム・アイスバーグ

著／新馬場《しんばんば》 新《あらた》

イラスト／あすぱら

真夏の三浦半島沖に突如現れた巨大な氷山。騒動の中、高校生の進、羽、一輝が出会った謎の少女は不慮の事故以来、昏睡状態の幼馴染にそっくりで……。凍ったままの夏の時計を動かすため、三人は少女と氷山を目指す。

ISBN978-4-09-453080-3（ガし6-1）　定価803円（税込）

衛くんと愛が重たい少女たち

著／鶴城《かくじょう》 東《あずま》

イラスト／あまな

小動物系男子・衛くんは、愛が重たすぎる少女たちに包囲されている！ 元アイドルの従姉・京子、彼氏がいるのに迫ってくる瑞希、衛くんに女装させる姉・凜。恋のバトルロイヤルの真ん中で、もう、もみくちゃ！

ISBN978-4-09-453083-4（ガか13-5）　定価759円（税込）

未来から離脱したので女教師《モブ》の夢に全振りします

著／真白《ましろ》ゆに

イラスト／河地《かわち》りん

28歳、元新人漫画家の高校教師♀。やっぱり夢は捨て切れてません。でも、人生安定と見通しが一番だし…。そんな彼女がなぜか気になってしまうのは、未来から離脱した絶望高校生の俺。先生、ドロップアウトしてみせてよ。

ISBN978-4-09-453082-7（ガま8-1）　定価682円（税込）

弥生ちゃんは秘密を隠せない2

著／ハマカズシ

イラスト／パルプピロシ

ピアノを通じて、弥生ちゃんとの距離も少し近づいた皐月。でもまだ堂々とデートに誘うのはハードルが高く……。そんななか、卯月が皐月の動向を裏で探っていて……？ 乱入者は二人の恋路に何をもたらすのか!?

ISBN978-4-09-453079-7（ガは6-10）　定価682円（税込）

わたしはあなたの涙になりたい

著／四季大雅《しきたいが》

イラスト／柳《やなぎ》すえ

全身が塩に変わって崩れていく奇病“塩化病”。その病で母親を亡くした少年は、ひとりの少女と出会う。美しく天才的なピアノ奏者である彼女の名は揺月。彼にとって生涯忘れえぬただひとりの女性となる人だった——。

ISBN978-4-09-453081-0（ガし7-1）　定価704円（税込）

ガガガブックス

異世界忠臣蔵2 ～仇討ちのレディア四十七士～

著／伊達《だて》 康《やすし》

イラスト／紅緒《べにお》

レディア廃国を阻止するため、諸国への嘆願ツアーに出かけるクラノス一行。プロの踊り子でもある騎士団員・モトフィフとアズカの活躍もあって旅は順調に進む。しかし、仇討ちにはやるソーエンたちが暴走し——!?

ISBN978-4-09-461161-8　定価1,430円（税込）

GAGAGA
ガガガ文庫

未来から離脱したので女教師《モブ》の夢に全振りします

真白ゆに

発行　2022年7月25日　初版第1刷発行

発行人　鳥光 裕

編集人　星野博規

編集　湯浅生史

発行所　株式会社小学館
〒101-8001 東京都千代田区一ツ橋2-3-1
[編集]03-3230-9343　[販売]03-5281-3556

カバー印刷　株式会社美松堂

印刷・製本　図書印刷株式会社

Printed in Japan ISBN978-4-09-453082-7